AF177461

Hauptmann Renauds Leben und Tod

Alfred de Vigny

Impressum

Autor: Alfred de Vigny
Übersetzung: Paul Hansmann
Umschlagkonzept: toepferschumann, Berlin

Verlag: tredition GmbH, Hamburg
ISBN: 978-3-8424-1328-3
Printed in Germany

Ziel der TREDITION CLASSICS ist es, tausende deutsch- und
fremdsprachige Klassiker wieder in Buchform verfügbar zu
machen. Die Werke wurden eingescannt und digitalisiert. Dadurch
können etwaige Fehler nicht komplett ausgeschlossen werden.
Unsere Kooperationspartner und wir von tredition versuchen, die
Werke bestmöglich zu bearbeiten. Sollten Sie trotzdem einen Fehler
finden, bitten wir diesen zu entschuldigen. Die Rechtschreibung der
Originalausgabe wurde unverändert übernommen. Daher können
sich hinsichtlich der Schreibweise Widersprüche zu der heutigen
Rechtschreibung ergeben.

Tucholsky   Wagner   Zola   Scott
   Turgenev   Wallace   Fonatne Sydow   Freud   Schlegel
     Twain   Walther von der Vogelweide   Fouqué   Friedrich II. von Preußen
                      Weber   Freiligrath   Frey
Fechner   Kant   Ernst
         Fichte   Weiße Rose   von Fallersleben   Richthofen   Frommel
                                              Hölderlin
        Engels   Fielding   Eichendorff   Tacitus   Dumas
   Fehrs   Faber   Flaubert   Ebner Eschenbach
            Maximilian I. von Habsburg   Fock   Eliasberg   Zweig
  Feuerbach   Ewald   Eliot   Vergil
       Goethe   Elisabeth von Österreich   London
Mendelssohn   Balzac   Shakespeare
                     Lichtenberg   Rathenau   Dostojewski   Ganghofer
     Trackl   Stevenson   Hambruch   Doyle   Gjellerup
Mommsen   Thoma   Tolstoi   Lenz   Droste-Hülshoff
                                              Hanrieder
Dach   Verne   von Arnim   Hägele   Hauff   Humboldt
       Reuter   Rousseau   Hagen   Hauptmann   Gautier
  Karrillon   Garschin
       Damaschke   Defoe   Hebbel   Baudelaire
                   Descartes   Hegel   Kussmaul   Herder
Wolfram von Eschenbach   Dickens   Schopenhauer
       Bronner   Darwin   Melville   Grimm Jerome   Rilke   George
      Campe   Horváth   Aristoteles   Bebel   Proust
Bismarck   Vigny   Barlach   Voltaire   Federer   Herodot
     Storm   Casanova   Gengenbach   Heine   Grillparzer Georgy
            Chamberlain   Lessing   Tersteegen   Gilm   Gryphius
Brentano   Langbein   Lafontaine
  Strachwitz   Claudius   Schiller   Kralik   Iffland Sokrates
       Katharina II. von Rußland   Bellamy Schilling
                                Gerstäcker   Raabe   Gibbon   Tschechow
Löns   Hesse   Hoffmann   Gogol   Wilde   Gleim   Vulpius
    Luther   Heym   Hofmannsthal   Klee   Hölty   Morgenstern
       Roth   Heyse   Klopstock   Kleist   Goedicke
Luxemburg   Puschkin   Homer   Mörike
          La Roche   Horaz   Musil
   Machiavelli   Kierkegaard   Kraft   Kraus
Navarra Aurel   Musset   Moltke
                   Lamprecht Kind   Kirchhoff   Hugo
  Nestroy   Marie de France   Kafka
   Nietzsche   Nansen   Laotse   Ipsen   Liebknecht
          Marx   Lassalle   Gorki   Klett   Ringelnatz
von Ossietzky   May   Leibniz
                    vom Stein   Lawrence   Irving
Petalozzi   Knigge
    Platon   Pückler   Michelangelo   Kafka
  Sachs   Poe   Kock
    de Sade Praetorius   Mistral   Liebermann
                                Zetkin   Korolenko

Der Verlag tradition aus Hamburg veröffentlicht in der Reihe **TREDITION CLASSICS** Werke aus mehr als zwei Jahrtausenden. Diese waren zu einem Großteil vergriffen oder nur noch antiquarisch erhältlich.

Symbolfigur für **TREDITION CLASSICS** ist Johannes Gutenberg (1400 — 1468), der Erfinder des Buchdrucks mit Metalllettern und der Druckerpresse.

Mit der Buchreihe **TREDITION CLASSICS** verfolgt tradition das Ziel, tausende Klassiker der Weltliteratur verschiedener Sprachen wieder als gedruckte Bücher aufzulegen – und das weltweit!

Die Buchreihe dient zur Bewahrung der Literatur und Förderung der Kultur. Sie trägt so dazu bei, dass viele tausend Werke nicht in Vergessenheit geraten.

1. Eine denkwürdige Nacht

Die Nacht vom siebenundzwanzigsten Juli Achtzehnhundertunddreißig war still und feierlich. Die Erinnerung an sie ist mir viel gegenwärtiger als manche grausigere Bilder, die das Schicksal vor meinen Augen sich abspielen ließ, in mein Gedächtnis eingegraben sind.

Die Ruhe von Land und Meer vor dem Sturm wirkt nicht majestätischer als die von Paris vor der Revolution. Die Boulevards waren verödet. Begierig um mich blickend und horchend, wanderte ich sie allein nach Mitternacht ihrer ganzen Länge nach. Der reine Himmel breitete den weißen Schimmer seiner Gestirne über den Erdboden, die Häuser aber waren lichtlos, geschlossen und wie tot. Alle Straßenlaternen waren zertrümmert. Einige Arbeitergruppen ballten sich noch unter Bäumen zusammen und lauschten einem geheimnisvollen Redner, der ihnen mit leiser Stimme zuflüsterte. Dann trennten sie sich laufend und warfen sich in enge und finstere Straßen, preßten sich gegen kleine Flurtüren, die sich wie Falltore auftaten und wieder hinter ihnen schlossen. Dann rührte sich nichts mehr und die Stadt schien nur tote Bewohner und verpestete Häuser zu enthalten.

In bestimmten Abständen begegnete man einer düsteren, untätigen Masse, die man nur bei der Berührung erkannte: es war ein Gardebataillon, das aufrecht, ohne Bewegung, ohne einen Laut von sich zu geben, dastand. Weiter weg eine Artilleriebatterie, von ihren angesteckten Lunten wie von zwei Gestirnen überragt. Ungestraft ging man an diesen achtunggebietenden und düsteren Posten vorbei, schritt um sie herum, machte sich davon und kam zurück, ohne von ihnen eine Frage, eine Beleidigung, ein Wort zu hören. Sie waren harmlos, bar des Zorns, bar des Hasses, schickten sich in die Lage und harrten.

Als ich mich einem der an Kopfzahl stärkeren Bataillone näherte, trat ein Offizier mit äußerster Höflichkeit auf mich zu und fragte mich, ob die Flammen, welche man in der Ferne das Saint-Denistor beleuchten sah, wohl von einem Brande herrührten; er wolle mit seiner Kompagnie vorrücken, um sich dessen zu vergewissern. Ich erklärte ihm, daß sie von einigen großen Bäumen erzeugt würden.

Fällen und verbrennen ließen Kaufleute sie, die, sich die Unruhe zu Nutze machend, jene alten Ulmen vernichteten, die ihre Läden den Blicken entzogen. Dann setzte er sich auf eine der Steinbänke des Boulevards und hub an, mit einem Spazierstöckchen Linien und Kreise in den Sand zu zeichnen. Daran erkannte ich ihn, während er mich an meinen Gesichtszügen erkannte. Da ich vor ihm stehen blieb, drückte er mir die Hand und bat mich, an seiner Seite Platz zu nehmen.

Hauptmann Renaud war ein Mann von geradem und strengem Sinne und sehr gebildetem Verstande, wie die Garde zu jenen Zeiten deren viele besaß. Sein Charakter und seine Gewohnheiten waren uns sehr bekannt, und wer die Erinnerungen hier liest, wird genau wissen, welch ernstes Gesicht er sich zu dem ihm von Soldaten gegebenem, von Offizieren übernommenem und von ihm selber mit Gleichmut geduldetem Spitznamen zu denken hat. Wie alte Familien nehmen alte Regimenter, die im Frieden unversehrt erhalten bleiben, zwanglose Sitten an und erfinden charakteristische Namen für ihre Kinder. Eine alte Wunde am rechten Beine begründete des Hauptmanns Gewohnheit, sich immer auf ein Spazierstöckchen zu stützen, dessen Knopf recht auffallend war und die Aufmerksamkeit aller derer auf sich ziehen würde, die ihn zum ersten Male sähen. Stets hatte er ihn bei sich und fast immer trug er ihn in der Hand. Übrigens gab es keine Ziererei bei dieser Gewohnheit, dazu waren seine Manieren zu einfach und zu ernst. Indessen fühlte man, daß er ihn sehr wert hielt. In der Garde wurde er hochgeehrt. War ohne Ehrgeiz und wollte nicht mehr vorstellen, als er war, nämlich Grenadierhauptmann; immer las er, sprach so wenig wie möglich und dann einsilbig. – War sehr groß, sehr bleich und schwermütigen Aussehens und besaß auf der Stirne zwischen den Augenbrauen eine kleine, ziemlich tiefe Narbe, welche bläulich war, häufig aber schwarz wurde und seinem gewöhnlich kühlen und friedlichen Gesichte dann ein wildes Aussehn verlieh.

Bei den Soldaten war er sehr beliebt; und im spanischen Feldzuge vor allem hatte man die Freude bemerkt, mit der die Abteilungen abmarschierten, wenn sie vom »Spazierstöckchen« befehligt wurden. Es war wirklich auch das Spazierstöckchen, das sie befehligte, denn Hauptmann Renaud nahm nie den Degen in die Faust, selbst dann nicht, wenn er an der Spitze der Plänkler sich dem Feinde so weit näherte, daß er mit ihm ins Handgemenge geraten konnte. Er war nicht nur ein kriegserfahrener Mann, sondern besaß auch noch ausgezeichnete Kenntnisse der größten politischen Angelegenheiten Europas unter dem Kaiserreiche, die man sich nicht zu erklären wußte. Bald schrieb man sie eingehenden Studien, bald sehr alten hohen Beziehungen zu, die in Erfahrung zu bringen seine ständige Zurückhaltung vereitelte.

Eben solche Zurückhaltung ist übrigens ein Hauptcharakterzug der Männer von heute, und er übertrieb diese allgemeine Beschaffenheit nur bis zum Äußersten. Ein Anflug kalter Höflichkeit verhüllt jetzt Charakter wie Handlungen. So glaube ich denn nicht, daß viele sich in den verzerrten Bildern, die man von uns liefert, wieder erkennen können. Erkünsteltes Wesen wirkt in Frankreich lächerlicher als anderswo und um deswillen bemüht sich zweifelsohne jeder, die unendliche Kraft, welche die Leidenschaften verleihen, ja nicht auf seinen Gesichtszügen und in seiner Sprache zum Ausdruck zu bringen, sondern heftige Gemütsbewegungen, tiefen Kummer oder unwillkürliche Begeisterung in sich zu verschließen. Ich meine nicht, daß die Zivilisation alles entnervt hat, bin aber überzeugt, daß alles von ihr maskiert wurde. Zugegebenermaßen ist das ein großer Vorzug und ich liebe den zusammengefaßten Charakter unserer Zeit. In solch anscheinender Kälte liegt Scham, und wahre Gefühle bedürfen ihrer. Auch Geringschätzung mischt sich darunter, die gute Münze zur Bezahlung der menschlichen Dinge ist.

Schon viele Freunde haben wir verloren, deren Gedächtnis unter uns lebt; ihr erinnert euch ihrer, meine teuren Waffengefährten! Die einen sind im Kriege, andere auch im Zweikampfe, wieder andere durch Selbstmord umgekommen; alle waren sie Männer von Ehre und festem Charakter, von starken Leidenschaften und doch von einfachem, zurückhaltendem und kaltem Äußeren. Ehrgeiz, Liebe, Spiel, Haß und Eifersucht quälten sie heimlich; doch sie sprachen kaum und umgingen jede allzu direkte Äußerung, welche die blutende Stelle ihres Herzens berühren konnte. Niemals sah man, daß sie in den Salons sich durch tragische Gebärde bemerklich zu machen suchten; und wenn eine junge Frau nach beendigter Romanlektüre sie ganz unterwürfig und wie eingeschult in die üblichen Höflichkeitsbezeugungen und harmlosen, mit leiser Stimme geführten Plaudereien gesehen hätte, würde sie sie verachtet haben. Und doch lebten und starben sie, wie ihr wißt, als so starke Männer, wie die Natur sie jemals hervorgebracht. Obwohl sie Togen trugen, haben die Cato und Brutus das Leben nicht mit größeren Ehren bestanden. Unsere Leidenschaften besitzen genau so große Energien wie zu allen anderen Zeiten, doch nur an den Spuren der Ermüdung kann ein Freundesblick sie erkennen. Äußeres, Reden und Benehmen besitzen ein gewisses Maß kühler Würde, die uns allen gemein ist, und über die nur manche Kindsköpfe, welche sich um jeden Preis größer machen und zur Geltung bringen wollen, sich hinwegsetzen. Heute ist Gemessenheit höchstes Sittengesetz.

Es gibt keinen Beruf, in dem die Kälte der Redeformen und Gewohnheiten in stärkerem Widerspruche mit des Lebens Wirklichkeit steht, als im Waffenhandwerke. Da man Übertreibung haßt, schießt man übers Ziel hinaus und verachtet die Sprache eines Menschen, welcher, was er fühlt, zu übertreiben oder durch seine Leiden zu rühren sucht. Das alles war mir bewußt und ich wollte Hauptmann Renaud schnell verlassen, als er mich beim Arme griff und zurückhielt.

»Haben Sie heute früh das Manöver der Schweizer gesehn?« fragte er mich; »es war sehr seltsam. Mit vollkommener Präzision haben sie »Straßenfeuer im Vorrücken« ausgeführt. Seit ich diene, sah ich es nie zur Anwendung kommen: 's ist ein Paraden- und Opernmanöver; doch kann's in den Straßen einer Großstadt seinen Wert haben, wenn die Halbzüge vom rechten und linken Flügel sich schnell vor der eben feuernden Rotte entfalten.«

Zu gleicher Zeit malte er immer mit der Spitze seines Stockes Linien auf den Erdboden; dann stand er langsam auf, und da er in der Absicht, sich von der Offizier- und Soldatengruppe zu entfernen, den Boulevard entlang schritt, folgte ich ihm, und er redete fortgesetzt mit einer Art nervöser und wie unwillkürlicher Erregtheit mit mir, die mich fesselte und die ich bei ihm, den man einen kalten Menschen zu nennen pflegte, niemals vermutet hätte.

Mich am Rockknopf fassend, begann er mit einer sehr simplen Bitte:

»Nehmen Sie's mir nicht übel,« sagte er zu mir, »wenn ich Sie bitte, mir Ihren Halsschild der königlichen Garde zu schicken, falls Sie ihn aufgehoben haben. Ich habe meinen zu Hause vergessen und kann ihn weder holen lassen noch selber holen, weil man uns wie tolle Hunde in den Straßen totschlägt. Da Sie aber vor drei oder vier Jahren aus dem Heere getreten sind, besitzen Sie ihn vielleicht nicht mehr? Vor vierzehn Tagen hab auch ich meine Entlassung genommen, denn ich bin sehr armeemüde; als ich vorgestern aber die drei Verordnungen sah, sagt' ich mir: Man wird sicher zu den Waffen greifen. Habe aus meiner Uniform, meinen Achselstücken und meiner Bärenmütze ein Bündel gemacht und in der Kaserne die braven Leute da wieder aufgesucht, die man an allen Ecken töten will und die im Grunde ihres Herzens sicherlich gedacht hatten, daß ich sie in einem bösen Augenblicke übel im Stich ließe; das wäre gegen die Ehre, nicht wahr, gänzlich gegen die Ehre gewesen?«

»Haben Sie schon vor Ihrer Entlassung die Verordnungen vorausgeahnt?« fragte ich ihn.

»Meiner Treu, nein; ich habe sie jetzt noch nicht einmal gelesen!«

»Nun also, was werfen Sie sich denn da vor?«

»Nichts als den Anschein; und ich wollte nicht, daß auch nur der Anschein gegen mich spräche.«

»Das ist bewundernswert«, sagte ich. »Bewundernswert! bewundernswert!« entgegnete Hauptmann Renaud, indem er schneller ausschritt, »das ist ein Modewort jetzt, welch ein kindisches Wort! Ich verabscheue die Bewunderung, sie ist die Grundursache allzu vieler üblen Handlungen. Heutzutage zollt man sie allzu wohlfeil jedermann. Vor dem leicht in Bewunderung Geraten sollen wir uns recht hüten ...

Die Bewunderung ist verdorben und verderblich. Gutes muß man um seiner selbst und nicht um des Geredes willen tun. Übrigens hab ich so meine eigenen Gedanken darüber«, schloß er rauh und wollte mich verlassen.

»Es gibt etwas, das ebenso schön ist wie ein großer Mann,« erwiderte ich, »nämlich einen Mann von Ehre.«

Herzlich schüttelte er meine Hand. –

»Das ist eine Meinung, die wir gemeinsam, hegen,« sagte er lebhaft zu mir, »und mein ganzes Leben über hab ich mich nach ihr gerichtet, doch ist sie mich teuer zu stehen gekommen. Es ist nicht so leicht, wie man meint.«

Hier kam der Unterleutnant seiner Kompagnie und bat ihn um eine Zigarre. Er zog mehrere aus seiner Tasche und reichte sie ihm wortlos hin; die Offiziere fingen zu rauchen an, indem sie in einer Schweigsamkeit und Ruhe auf und ab schritten, die kein Gedanke an die augenblicklichen Umstände unterbrach. Nicht einer hielt es für wert von den Gefahren des Tages oder von seiner Pflicht zu sprechen und kannte doch von Grund auf die eine wie die andere.

Hauptmann Renaud kam zu mir zurück.

»Es ist schönes Wetter,« sagte er, mit seinem Spazierstöckchen auf den Himmel deutend, »ich weiß nicht, wann ich aufhören werde allabendlich die nämlichen Sterne anzugaffen; einmal bildete ich mir gar ein, ich würde die der Südsee zu sehn bekommen, doch war's mir vorherbestimmt, die Hemisphären nicht zu vertauschen ... Macht nichts! Das Wetter ist prachtvoll, die Pariser schlafen oder tun so, als ob sie schliefen. Von uns hat seit vierundzwanzig Stunden niemand etwas gegessen oder getrunken, da hat man denn sehr klare Gedanken. Ich erinnere mich, daß Sie mich eines Tages, als es nach Spanien ging, fragten, warum ich keine große Karriere gemacht; damals hatte ich keine Zeit Ihnen das zu erklären, heute abend aber fühl' ich mich versucht auf mein früheres Leben zurückzukommen, da ich es in meinen Gedanken wieder durchging. Sie haben ja Erzählungen gern, wie mir einfällt, und in Ihrem zurückgezogenen Leben werden Sie sich unserer wohl mit Freuden erinnern ... Wenn Sie sich mit mir auf die Boulevardbrüstung hier setzen wollen, können wir in aller Ruhe darüber plaudern, denn dem Anscheine nach hat man für dieses Mal aufgehört aus Fenstern und Kelleröffnungen auf uns zu schießen... Ich will Ihnen nur einige Zeitabschnitte meiner Lebensgeschichte erzählen und dabei nur meiner Laune nachgeben. Ich hab viel gesehen und viel gelesen, glaube aber bestimmt, daß ich's schriftlich nicht niederlegen könnte. Das ist, Gott sei Dank, auch nicht mein Beruf und ich hab's niemals versucht ... Doch weiß ich, meiner Treu, zu leben, und ich habe gelebt, wie ich's mir vorgenommen hatte (seit ich den Mut besaß, mir etwas vorzunehmen) und das will wahrlich etwas heißen ... Setzen wir uns.«

Ich folgte ihm langsam, und wir schritten das Bataillon ab, um auf die Linke seiner schönen Grenadiere zu gelangen. Ernst standen die da, das Kinn auf ihren Gewehrlauf gestützt. Einige junge Leute, welche ihr Tagewerk müder als die anderen gemacht hatte, saßen auf ihren Tornistern. Alle schwiegen und brachten kaltblütig ihre Uniform in Ordnung, damit sie vorschriftsmäßiger aussähe. Nichts wies auf Unruhe oder Unzufriedenheit hin. Sie standen wie am Tage nach einer Heerschau in ihren Gliedern und harrten der Befehle.

Als wir saßen, ergriff unser alter Kamerad das Wort und erzählte mir in seiner Weise aus drei großen Zeitabschnitten, welche das Verständnis seines Lebens erschlossen und mir seine seltsamen Gewohnheiten und das Düstere seines Charakters erklärten. Nichts von dem, was er mir erzählte, verwischte sich in meiner Erinnerung und ich werde es fast wortgetreu wiederholen.

2. Malta

»Ich bin nichts,« sagte er anfangs, »und das zu denken macht heute mein Glück aus; wenn ich aber etwas wäre, könnt' ich wie Ludwig der Vierzehnte sagen: ich habe zu sehr den Krieg geliebt ... Da half nichts. Bonaparte hatte mich wie alle anderen von Kindheit an in jenen Rauschzustand versetzt und sein Ruhm stieg mir so hitzig zu Kopfe, daß in meinem Hirne kein anderer Gedanke mehr Platz hatte. Mein Vater, ein alter hoher Offizier, der stets im Felde stand, war mir, als es ihm eines Tages in den Kopf kam, mich mit sich nach Ägypten zu nehmen, noch gänzlich unbekannt. Zwölf Jahre war ich alt und ich erinnere mich aus jener Zeit noch, wie wenn es heute wäre, der Gefühle der ganzen Armee, die auch von meiner Seele bereits Besitz ergriffen hatten. Zwei Geister blähten die Segel unserer Schiffe: der Geist des Ruhms und der Geist der Seeräuberei. Mein Vater hörte den zweiten nicht mehr als den Nordwestwind, der uns davontrug; ersterer aber umbrauste so stark meine Ohren, daß er mich lange Zeit über für alle Geräusche der Welt außer für die Musik Karls des Zwölften: das Kanonengebrüll taub machte. Die Kanone war Bonapartes Stimme für mich; und so klein ich noch war, ich wurde rot vor Freude, hüpfte vor Vergnügen auf, klatschte in meine Hände und antwortete ihr mit lauten Schreien, wenn sie brummte. Diese ersten Gemütsbewegungen waren Vorläufer des übertriebenen Enthusiasmus, welcher Zweck und Steckenpferd meines Lebens ward. Eine für mich denkwürdige Begegnung entschied diese Art verhängnisvoller Bewunderung, jene unsinnige Verehrung, der ich nur zuviel opfern sollte. Die Flotte war seit dem dreißigsten Floreal des Jahres sechs unterwegs. Tag und Nacht verbrachte ich auf Deck, um mich von dem Glücke, das weite blaue Meer und unsere Schiffe zu sehen, durchdringen zu lassen. Ich zählte hundert Fahrzeuge und vermochte nicht alle zu zählen. Unsere Militärlinie dehnte sich eine Meile weit aus, und der Halbkreis, welchen die Geleitschiffe bildeten, betrug ihrer wenigstens sechs. Ich sprach nicht. Corsika sah ich ganz nahe an uns vorüberziehen, Sardinien zog es an seiner Seite nach und bald erschien Sizilien zu unserer Linken. Denn die »Juno«, die meinen Vater und mich trug, war dazu ausersehen den Kurs zu erkunden und mit drei anderen Fregatten die Vorhut zu bilden. Mein Vater hielt mich an der Hand und zeigte mir den stark rauchenden Ätna und Felsen, die ich nie vergaß; es war die Insel Favignana und der Mons Eryx. Marsala, das alte Lilybaeum, trat aus seinen Dunstschichten hervor, und seine weißen Häuser hielt ich für Tauben, die aus einer Wolke hervorflattern, und eines Morgens, es war ... ja, es war der vierundzwanzigste Prairial, sah ich bei Tagesanbruch ein Bild vor mir auftauchen, das mich für zwanzig Jahre blendete. Malta reckte sich vor mir auf mit seinen Befestigungen, seinen Kanonen in gleicher Höhe mit dem Meere, seinen langen, wie frischpolierter Marmor in der Sonne glänzenden Mauern, und seinem Gewimmel von ganz schmalen Galeeren, die mit langen roten Rudern umherstrichen. Einhundertvierundneunzig französische Fahrzeuge hüllten es mit ihren großen Segeln und ihren blaurotweißen Flaggen ein, die man in diesem Augenblicke auf allen Masten hißte, während die Standarte des Malteserordens sich auf dem Gozzo und dem Fort San Elmo langsam senkte; es war das letzte kämpfende Kreuz, welches fiel. Dann löste die Flotte fünfhundert Kanonenschüsse.

Das Schiff »der Orient« ankerte allein und abgesondert, groß und unbeweglich uns gegenüber. An ihm fuhren langsam, eins nach dem andern, alle Kriegsschiffe vorbei und ich sah Desaix von weitem Bonaparte begrüßen. Wir stiegen zu ihm an Bord des »Orient«. Endlich sah ich ihn selbst zum erstenmal.

Nahe am Schiffsbord stand er plaudernd mit Casa-Bianca, des Fahrzeuges Kapitän, (armer »Orient«), und spielte mit den Haaren eines zehnjährigen Kindes, welches des Kapitäns Sohn war. Sofort ward ich eifersüchtig auf das Kind und mein Herz bäumte sich auf, als ich sah, wie es des Generals Degen berührte. Mein Vater näherte sich Bonaparte und sprach lange mit ihm. Noch erblickte ich sein Gesicht nicht. Plötzlich drehte er sich um und sah mich an; am ganzen Leibe bebte ich angesichts der gelben Stirn, die von langen Haaren umgeben war, welche ganz feucht herabhingen, wie wenn sie eben aus dem Meere kämen, angesichts der großen grauen Augen, der mageren Wangen und jener eingekniffenen Lippe über spitzem Kinn. Er hatte eben von mir gesprochen, denn er sagte:

»Hör, mein Lieber, da Du es willst, magst Du mit nach Ägypten kommen und General Vaubois kann schon ohne Dich mit seinen viertausend Mann hier bleiben; doch seh ich's nicht gern, daß man seine Kinder mitnimmt; ich hab' es nur Casa-Bianca erlaubt und tat nicht recht daran. Den da sollst Du nach Frankreich zurückschicken; ich wünsche, daß er ein tüchtiger Mathematiker wird, und wenn Dir da unten etwas zustößt, steh ich Dir für ihn ein; werde für ihn sorgen und einen guten Soldaten aus ihm machen.«

Gleichzeitig bückte er sich, faßte mich unter den Armen, hob mich bis zu seinem Mund empor und küßte mich auf die Stirn. Mir wurde schwindlig, ich fühlte, daß er mein Meister war und meinem Vater, den ich, weil er ständig bei der Armee lebte, übrigens kaum kannte, meine Seele raubte. Ich meinte Moses', des Hirten, Schrecken zu empfinden, als er Gott im Dornbusche sah. Frei war ich gewesen, als Bonaparte mich hochgehoben hatte, als seine Arme mich aber sanft wieder aufs Verdeck setzten, stand dort ein Sklave mehr.

Am Vorabend würd' ich mich ins Meer gestürzt haben, wenn man mich vom Heere entfernt hätte; nun aber ließ ich mich fortführen, wann man wollte. Gleichmütig verließ ich meinen Vater, und es war für immer! Doch von Kindheit an sind wir so schlecht und, mögen wir nun Männer oder Kinder sein, es gehört nur so wenig dazu, und fort sind all die guten natürlichen Gefühle! Mein Vater war nicht mehr mein Herr und Meister, weil ich seinen Herrn gesehen, und von dem allein schien mir alle Machtvollkommenheit der Erde auszugehen ...

O ihr Träume der Machtvollkommenheit und Sklaverei! O ihr verderblichen Gedanken der Herrschaft, die ihr Kinder zu verführen vermögt! Falsche Begeisterung, feine Gifte, welches Gegengift könnte man auch je gegen euch gebrauchen? ... Ich war betäubt, berauscht; wollte arbeiten und arbeitete, daß ich fast verrückt wurde! Tag und Nacht rechnete ich und nahm Gewand, Wissen und auf meinem Antlitz die gelbe Farbe der Militärschule an. Von Zeit zu Zeit unterbrach mich die Kanone und diese Stimme des Halbgotts teilte mir die Eroberung Ägyptens, Marengo, den achtzehnten Brumaire und das Kaiserreich mit ... und der Kaiser hielt mir Wort ...

Was meinen Vater anlangte, so wußt' ich nicht weiter, was aus ihm geworden war; eines Tages aber erreichte mich folgender Brief.

Immer trage ich den in dieser alten, einstmals roten Brieftasche hier und lese ihn sehr oft wieder, um mich so recht von der Zwecklosigkeit der Ratschläge zu überzeugen, welche eine Generation der ihr nachfolgenden gibt, und um über den aberwitzigen Starrsinn meiner Illusionen nachzudenken.«

Hier knöpfte der Hauptmann seine Uniform auf, zog aus seiner Brusttasche erst ein Taschentuch, dann eine kleine Brieftasche, die er sorgsam aufmachte, und wir traten in ein noch erleuchtetes Kaffeehaus ein, wo er mir folgende Brieffragmente vorlas, welcher man wird bald hören warum, in meinen Händen geblieben sind.

3. Ein einfacher Brief

An Bord des englischen Schiffes »der Culloden« vor Rochefort, 1804.

Sent to France, with admiral Collingwood's permission.

»Du brauchst nicht zu wissen, mein Kind, auf welche Weise Du in den Besitz dieses Briefes gelangst und auf welchem Wege ich von Deiner Aufführung und von Deiner augenblicklichen Lage habe hören können. Möge Dir die Mitteilung genügen, daß ich zufrieden mit Dir bin, daß ich Dich zweifelsohne aber niemals wiedersehen werde. Wahrscheinlich wird Dich das wenig beunruhigen. Du hast Deinen Vater nur in einem Alter gekannt, wo das Gedächtnis noch nicht ausgebildet und das Herz noch nicht erschlossen ist. Später als man gewöhnlich denkt, tut es sich bei uns auf, und ich habe mich oft darüber gewundert. Was aber sollte man dagegen tun? ... Du bist, wie mir scheint, nicht schlechter als ein anderer. Ich muß mich wohl damit begnügen. Alles, was ich Dir zu sagen habe, ist, daß ich seit dem vierzehnten Thermidor des Jahres Sechs (oder dem zweiten August Siebzehnhundertachtundneunzig alter Zeitrechnung, die, wie es heißt, heute wieder in Mode kommen wird) Gefangener der Engländer bin. Ich war an Bord des »Orient« gegangen, und wollte den tapferen Brueys überreden nach Corfu zu segeln. Bonaparte hatte seinen armen Adjutanten Julien bereits an mich geschickt, der die Torheit beging sich von den Arabern wegfangen zu lassen. Ich kam hin, doch vergebens. Brueys war eigensinnig wie ein Maultier. Er erklärte, man würde das Fahrwasser nach Alexandrien schon finden, um die Schiffe dort einlaufen zu lassen; fügte aber noch einige reichlich kecke Worte hinzu, die mir nur zu deutlich sagten, daß er im Grunde ein bißchen eifersüchtig auf das Landheer war ...

»Hält man uns denn nur für Fährleute,« sagte er zu mir, »und meint man, daß wir Angst vor den Engländern hätten?«

Besser wär' es für Frankreich gewesen, er hätte Angst gehabt. Wenn er aber üble Fehler beging, so sühnte er sie ruhmreich; und ich kann sagen, daß ich den von mir begangenen, nämlich bei ihm an Bord geblieben zu sein, als man ihn angriff, mit Langeweile büße. Brueys ward anfangs an Kopf und Hand verwundet. Er setzte den Kampf bis zu dem Augenblicke fort, wo ihm eine Kugel die Eingeweide heraustrieb. Er ließ sich in einen Kleiesack stecken und starb, auf seiner Admiralsbank. Genau erkannten wir, daß wir gegen zehn Uhr abends in die Luft fliegen würden. Was von der Mannschaft übrigblieb, stieg in die Schaluppen und brachte sich mit Ausnahme von Casa-Bianca in Sicherheit. Er harrte wohlverstanden als letzter aus; sein Sohn aber, ein hübscher Junge, den Du, glaub ich, gesehen hast, suchte mich auf und fragte:

»Was soll ich jetzt tun, Bürger, wenn ich Ehre im Leibe habe ?« ...

Armer Kleiner. Er war, glaub ich, zehn Jahre alt, und das sprach in solchem Augenblicke von Ehre! Ich nahm ihn im Boot auf meine Knie und sorgte dafür, daß er seinen Vater nicht in die Luft fliegen sah mit dem armen »Orient«, der wie eine Feuergarbe in der Luft auseinandersprühte. Wir flogen nicht mit in die Luft, sondern wurden, was sehr viel schmerzlicher ist, gefangen genommen; und ich kam unter Aufsicht eines wackeren englischen Kapitäns namens Collingwood, der jetzt den »Culloden« befehligt, nach Dover. Wenn es je einen Ehrenmann gab, so ist er's. Seit Siebzehnhunderteinundsechzig – so lange dient er bei der Marine – hat er das Meer nur für zwei Jahre verlassen, um sich zu verheiraten und seine beiden Töchter in die Welt zu setzen. Diese Kinder, von denen er fortgesetzt erzählt, kennen ihn nicht und seine Frau kennt seinen trefflichen Charakter fast nur aus seinen Briefen. Ich aber fühle deutlich, daß der Kummer über jene Niederlage bei Abukir meine Tage abkürzt; währen sie doch nur zu lange, da ich solchen Unstern und meiner ruhmreichen Freunde Tod erlebte. Mein hohes Alter hat hierzulande jedermann gerührt. Da das Klima Englands mir starken Husten verursacht und alle meine Wunden wieder aufgebrochen hat, so daß ich mich des einen Armes gar nicht mehr bedienen kann, ist der gute Kapitän Collingwood für mich um die Vergünstigung (die er für sich selber, dem das Land verboten ist, nicht hätte durchsetzen können), daß ich nach Sizilien unter eine wärmere Sonne und einen reineren Himmel gebracht werde, eingekommen und damit zum Ziel gelangt. Ich glaube schon, daß ich dort endigen werde, denn achtundsiebzig Jahre, sieben Wunden, tiefer Kummer und Gefangenschaft sind unheilbare Krankheiten. Ich konnte Dir nur meinen Degen hinterlassen, armes Kind, jetzt aber kann ich nicht einmal das, denn ein Gefangener hat keinen Degen mehr! Doch habe ich Dir wenigstens einen Rat, den nämlich zu geben, Deiner Begeisterung für Männer, welche schnell emporsteigen, und vor allem für Bonaparte zu mißtrauen. So wie ich Dich kenne, würdest Du ein fanatischer Parteigänger werden und vor Parteigängerschaft muß man sich in Acht nehmen, wenn man Franzose, das heißt sehr empfänglich dafür ist, von dieser ansteckenden Krankheit befallen zu werden. Es ist merkwürdig, welche Menge kleiner und großer Tyrannen sie hervorbrachte. Maßlos lieben wir die Maulhelden und geben uns ihnen so gutwillig hin, daß wir es hinterdrein unweigerlich bereuen. Ursache dieses Fehlers ist großes Tätigkeitsbedürfnis und große Gedankenträgheit. Daraus ergibt sich, daß wir uns dem am liebsten mit Leib und Seele überlassen, der das Denken und die Verantwortung für uns übernimmt, und hinterdrein lachen wir über uns und ihn und damit ist's dann abgetan.

Bonaparte ist ein guter Junge aber ein über die Maßen plumper Marktschreier. Er wird, fürcht' ich, bei uns Urheber einer neuen Art Taschenspielerei werden und deren haben wir doch schon hinreichend genug in Frankreich ... Marktschreierei ist unverschämt und verderblich und man sah in unserm Jahrhundert so viele Beispiele und hörte sie auf dem Marktplatze so viel Pauken- und Trommellärm vollführen, daß sie sich in jeglichen Beruf einschlich und es keinen noch so kleinen Mann gibt, den sie nicht aufgeblasen macht ... Die Zahl der platzenden Frösche läßt sich nicht abschätzen. Sehr lebhaft hoffe ich, daß mein Sohn sich nicht darunter befindet.

Recht froh bin ich, daß er mir sein Wort hielt, indem er, wie er sagte, für Dich sorgte; doch verlaß Dich nicht zu sehr darauf. Kurz nachdem ich Ägypten auf so traurige Weise verließ, erzählte man mir folgende Szene, die sich bei einem gewissen Mittagmahle abspielte; ich will sie Dir berichten, damit Du häufig an sie denkst.

Als Bonaparte am ersten Vendemiaire in Kairo war, ordnete er als Institutsmitglied ein Bürgerfest zum Jahrestage der Einführung der Republik an. Die Besatzung Alexandriens feierte das Fest bei der Pompejussäule, auf der man die dreifarbige Fahne aufpflanzte. Die Nadel der Kleopatra wurde mäßig beleuchtet; und die oberägyptischen Truppen feierten das Fest, so gut sie es vermochten, zwischen den Pylonen, Säulen und Karyatiden Thebens, auf den Knien des

Memnonkolosses und zu Füßen der Tama- und Chamabildsäulen. Das erste Armeekorps veranstaltete seine Manöver, Wettrennen und Feuerwerke in Kairo. Der kommandierende General hatte den ganzen Generalstab, die Kanzleibeamten, die Gelehrten, den Kiaya des Paschas, den Emir, die Diwanmitglieder und die Aghas eingeladen; man saß um eine Tafel mit fünfhundert Gedecken herum in einem ebenerdigen Saale des von ihm am El-Bekirplatze bewohnten Hauses. Freiheitsmütze und Halbmond verflochten sich liebevoll, türkische und französische Farben bildeten höchst anmutig Baldachin und Teppich, auf dem Koran und Tafel der Menschenrechte sich vermählten.

Nachdem die Gäste mit ihren Fingern wacker Hühnchen und mit Safran gewürzten Reis, Wassermelonen und Früchte verzehrt hatten, warf Bonaparte, welcher kein Wort sprach, einen schnellen Blick über sie alle. Der gute Kleber, der neben ihm lag, weil er seine langen Beine nicht in türkischer Weise unterschlagen konnte, versetzte seinem Nachbar Abdallah-Menou einen kräftigen Ellenbogenstoß und sagte mit seinem halbdeutschen Akzente zu ihm:

»Paß auf, Ali-Bonaparte will uns einen seiner Streiche spielen!«

Er nannte ihn so, weil der General sich beim Mohammedfeste den Spaß geleistet orientalische Tracht anzulegen und man ihn im Augenblicke, wo er sich zum Beschützer aller Religionen aufwarf, pomphaft den Namen: Eidam des Propheten beigelegt und ihn Ali-Bonaparte genannt hatte.

Kleber hatte noch nicht zu Ende gesprochen und fuhr mit seiner Hand durch seine dichten blonden Haare, als der kleine Bonaparte schon aufrecht stand, und, sein Glas seinem mageren Kinn und seiner breiten Halsbinde nähernd, mit rascher, heller und kurz abgerissener Stimme rief:

»Trinken wir auf das Jahr Dreihundert der französischen Republik!«

Kleber hub an Menous Schulter so zu lachen an, daß der sein Glas über einen alten Agha ausschüttete; Bonaparte warf beiden stirnrunzelnd einen Seitenblick zu.

Gewißlich hatte er recht, mein Kind; denn in Gegenwart eines kommandierenden Generals darf ein Divisionsgeneral, und wäre es auch ein fideles Haus wie Kleber, keine unschickliche Haltung annehmen; doch hatten die auch nicht ganz unrecht, da Bonaparte sich zu eben dieser Stunde Kaiser nennt und Du sein Page bist.«

»Tatsächlich«, sagte Hauptmann Renaud, den Brief wieder aus meinen Händen nehmend, »war ich eben, Achtzehnhundertvier, zu des Kaisers Pagen ernannt worden ... Ach, ein schreckliches Jahr war das, mit was für Ereignissen ging es schwanger, als es über uns kam, und wie aufmerksam würd' ich es betrachtet haben, wenn ich damals etwas zu betrachten verstanden hätte! Aber ich hatte keine Augen zu sehen, keine Ohren, um etwas anderes als des Kaisers Handlungen, des Kaisers Stimme, des Kaisers Gesten und des Kaisers Schritt zu hören. Sein Kommen berauschte, seine Gegenwart magnetisierte mich. Der Ruhm, an diesen Mann gebunden zu sein, erschien mir als Höchstes auf dieser Welt, und nie hat ein Liebhaber seiner Geliebten Gegenwart mit lebhafterer und erdrückenderer Gemütsbewegung empfunden, als sein Anblick täglich in mir hervorrief. Die Bewunderung vor einem militärischen Anführer wird eine Leidenschaft, ein Fanatismus, eine Raserei, die uns zu rasenden und blinden Sklaven macht ... Der arme Brief, den ich Ihnen eben zu lesen gab, wirkte auf mein Gemüt nur wie das, was Schüler eine Moralpauke nennen, und ich fühlte nur die ruchlose Erleichterung der Kinder, die sich von der natürlichen Autorität erlöst meinen und sich frei fühlen, weil sie die Kette wählten, welche ihnen die allgemeine Begeisterung um ihren Hals geschmiedet. Doch ein Rest angeborenen guten Gefühls ließ mich dies geheiligte Schriftstück aufbewahren, und sein Einfluß auf mich vermehrte sich in dem Maße, in welchem meine Träume heldenhafter Unterwürfigkeit sich verminderten. Stets trug ich ihn auf meinem Herzen und schließlich faßte er unsichtbare Wurzeln dort, sobald der gesunde Menschenverstand meinen Blick von den Wolken befreite, die ihn damals bedeckten. Ich konnte heute nacht nicht umhin ihn nochmals mit Ihnen zu lesen und habe ja Mitleid mit mir, wenn ich bedenke, welch langsamen Kreislauf meine Gedanken verfolgten, um zu der dauerhaftesten und einfachsten Basis männlichen Betragens zurückzukehren. Sie sollen sehen, mit wie wenig es sich begnügt; doch glaub' ich wahrlich, mein Herr, daß das für eines rechtschaffenen Mannes Leben genügt, und ich habe sehr viel Zeit gebraucht, um den Quell der wahren Größe, die in dem schier barbarischen Waffenhandwerk möglich sein kann, zu entdecken.«

Hier ward Hauptmann Renaud von einem alten Grenadiersergeanten unterbrochen, der vor der Kaffeehaustüre mit geschultertem Gewehr Halt machte und einen unter seinen Gewehrriemen geschobenen, auf graues Papier geschriebenen Brief hervorzog. Der Hauptmann erhob sich gelassen und brach den Befehl, welchen er erhielt, auf.

»Sagen Sie Bejaud, er soll das ins Befehlsbuch eintragen«, erklärte er dem Sergeanten.

»Der Feldwebel ist vom Zeughause nicht zurückgekommen«, meldete der Unteroffizier mit einer Stimme, die so sanft war wie die eines jungen Mädchens, und schlug die Augen nieder, ohne auch nur ein Wort verlauten zu lassen, wie sein Kamerad getötet worden war.

»Sein Schreiber soll ihn ersetzen«, sagte der Hauptmann, ohne etwas zu fragen, und unterzeichnete auf des Sergeanten Rücken, der ihm als Pult diente, den Befehl. Er hustet etwas und fuhr dann ruhig fort:

4. Ein unbekanntes Zwiegespräch

»Der Brief meines armen Vaters und sein Tod, den ich kurze Zeit später erfuhr, machten, so berauscht und betäubt ich auch vom Klirren meiner Sporen war, doch einen so starken Eindruck auf mich, daß er meinen blinden Eifer mächtig erschütterte; ich hub an näher und ruhiger zu untersuchen, inwiefern der Glanz, der mich berauschte, übernatürlich sei. Zum ersten Male fragte ich mich, worin die Macht bestünde, welche wir Männer der Tat, die sich mit unumschränkter Gewalt umkleiden, über uns gewinnen lassen, und wagte einige innerliche Kraftanstrengungen, um jener freiwilligen Hingabe so vieler Männer an einen Mann Schranken in meinen Gedanken zu setzen. Dieser erste Ansturm ließ mich die Augenlider halb aufschlagen, und ich besaß die Kühnheit, dem blendenden Adler, welcher mich, der ich noch ein Kind war, aufgehoben und dessen Fänge meine Lenden preßten, ins Antlitz zu schauen.

Ohne Zaudern suchte ich Gelegenheiten, ihn aus nächster Nähe zu betrachten und den Geist des großen Mannes in den nichtigen Handlungen seines Privatlebens zu bespähen.

Wie ich Ihnen gesagt, hatte man wieder Pagen zu ernennen gewagt, doch trugen wir in Erwartung der grünen Livree mit roten Hosen, die wir bei der Salbung anlegen sollten, Offiziersuniform. Gemäß dem Willen des Herrn, welcher nahm, was ihm unter die Hände kam, versahen wir bis dahin Stallmeister-, Sekretär- und Adjutantendienste. Schon fand er Vergnügen daran seine Vorzimmer zu bevölkern, und da ihm das Herrschbedürfnis überallhin folgte, mußte er es bis in die kleinsten Dinge hinein befriedigen, und quälte alle Leute seiner Umgebung durch die unermüdliche Ausübung eines stets gegenwärtigen Willens. Er belustigte sich über meine Schüchternheit; trieb mit meinen Ängsten und meiner Ehrfurcht sein Spiel ... Manchmal rief er mich ungestüm; und wenn er mich bleich und stotternd hereinkommen sah, machte es ihm Spaß, mich lange sprechen zu lassen, um mein Erstaunen zu sehen und um meine Gedanken in Verwirrung zu bringen. Manchmal zupfte er mich, während ich nach seinem Diktate schrieb, plötzlich seiner Gewohnheit nach am Ohr und richtete eine unvorhergesehene Frage aus einem alltäglichen Wissenszweige, etwa der Geographie oder Algebra, an mich, indem er mir ein kinderleichtes Problem vorlegte; dann war mir, wie wenn ein Blitz auf mein Haupt fiele. Tausendmal wußte ich, was er fragte, wußte mehr davon, als er annahm, doch sein Auge lähmte mich. Wenn er das Zimmer verlassen, konnte ich atmen, kreiste das Blut in meinen Adern wieder, kehrte mein Gedächtnis und mit ihm eine unbeschreibliche Scham zurück; Wut überkam mich, ich schrieb nieder, was ich ihm hätte antworten müssen; dann wälzte ich mich auf dem Teppich, weinte und hatte Lust mich umzubringen.

»Wie!« sagte ich zu mir, »es gibt also starke Köpfe, die jeder Sache sicher und vor niemandem unschlüssig sind? Menschen, die handelnd sich über alles hinwegsetzen, und deren Sicherheit die andern zermalmt, indem sie glaubhaft macht, daß der Schlüssel zu allem Wissen, – ein Schlüssel, den andere unaufhörlich suchen – in ihrer Tasche stecke und daß sie die nur aufzumachen brauchen, um ihr unfehlbare Einsichten und Machtvollkommenheiten zu entnehmen!«... Dennoch fühlte ich, daß eine falsche und angemaßte Macht dabei im Spiele sei. Ich empörte mich, ich schrie: »Er lügt! Seine Haltung, seine Stimme, seine Geste sind nur Schauspielergebärden, ein elender Hoheitsprunk, dessen Nichtigkeit ihm bekannt sein muß. Unmöglich kann er so aufrichtig an sich selbst glauben! Er verwehrt uns allen den Schleier zu lüften, sieht sich aber nackt darunter. Und was sieht er? Einen armen Nichtswisser, wie wir alle welche sind, und unter allem die schwache Kreatur!«

Indessen vermochte ich dieser verkleideten Seele nicht auf den Grund zu sehen. Macht und Ruhm verwehrten es überall; erfolglos umkreise ich ihn, ohne ihn irgendwo überrumpeln zu können, wie ein ständig bewehrtes Stachelschwein wälzte er sich vor mir hin und zeigte mir auf allen Seiten nur scharfe Stacheln ... Dennoch öffnete der Zufall, welcher unser aller Meister ist, diese Seele ein wenig und ließ das Licht eines Augenblicks durch die Piken und Pfeile dringen ... Eines Tages, vielleicht war's der einzige seines Lebens, begegnete er jemandem, der stärker war als er, und wich einen Moment vor einem Einflusse zurück, welcher mächtiger als seiner war ... Dessen war ich Zeuge und fühlte mich gerächt ... Folgendes begegnete mir:

Wir waren in Fontainebleau. Der Papst kam eben an. Ungeduldig hatte der Kaiser ihn für die Salbung erwartet und im Wagen empfangen, in den beide im nämlichen Augenblicke mit scheinbarer Vernachlässigung der Etiquette stiegen, welche im Grunde aber wohlweislich berechnet war; denn so gab oder nahm keiner den Vortritt: ein italienischer Kniff. Er kehrte ins Schloß zurück, wo alles in Aufruhr war; ich hatte mehrere Offiziere in dem Gemache gelassen, das vor dem des Kaisers lag, und war allein in seinem geblieben ... Besah mir einen langen Tisch, auf dem statt einer Marmorplatte römische Mosaiken lagen und der mit einer Unmasse Bittschriften über und über beladen war. Häufig hatte ich Bonaparte eintreten und sie einer seltsamen Prüfung unterziehen sehen. Er nahm sie weder der Reihenfolge nach, noch wie der Zufall es wollte, hin; wenn ihre Zahl ihn aber reizte, fuhr er wie ein Schnitter mit seiner Hand von rechts nach links und von links nach rechts über den Tisch und streute sie umher, bis ihre Zahl sich auf fünf oder sechs vermindert hatte, die er dann öffnete. Solche Art verächtlichen Spiels hatte mich merkwürdig aufgeregt. All diese Papiere der Trauer und Trübsal, welche zurückgestoßen, auf das Parkett geworfen und wie vom Zorneswinde hinweggefegt worden waren, diese vergeblichen Flehensbitten der Witwen und Waisen, deren Unterstützung lediglich davon abhing, wie die fliegenden Blätter vom Konsulhute weggefegt wurden, all diese seufzenden, von Familientränen benetzten Schriftstücke, die der Zufall unter seine Stiefel warf und über die er wie über die Toten des Schlachtfeldes hinwegschritt, stellten mir Frankreichs augenblickliches Schicksal wie eine düstere Lotterie vor; wie groß die gleichgültige und rauhe Hand auch war, welche die Lose zog, ich meinte doch, daß es unbillig wäre, der Laune seiner Faustschläge so viele dunkle Schicksale auszuliefern, die eines Tages etwa ebenso groß wie seines geworden wären, hätte man ihnen einen Stützpunkt gewiesen. Ich fühlte, wie mein Herz wider Bonaparte schlug und sich empörte; das aber tat es schüchtern wie ein Sklavenherz, war es doch eins. Ich betrachtete die in Stich gelassenen Briefe, ungehörte Schmerzensschreie erhoben sich aus ihren Falten; indem ich sie auflas, um sie zu prüfen, und sie dann wieder weglegte, warf ich mich selber zum Richter zwischen diesen Unglücklichen und dem Herrn auf, den sie sich gegeben hatten, und der sich heute fester denn je auf ihre Nacken setzen wollte. Eine jener verachteten Bittschriften hielt ich in meiner

Hand, als der Lärm der Trommeln, die den Marsch schlugen, mir des Kaisers plötzliche Ankunft meldete.

Nun, Sie wissen ja auch, daß man die Kanone blitzen sieht, ehe man den Knall hört; so sah man auch ihn stets schon zur nämlichen Zeit, wo man vom Lärm seines Nahens getroffen ward, so schnell war sein Gang und so eilig schien er es mit dem Leben und dem Aufeinandertürmen seiner Taten zu haben. Wenn er in einen Palasthof einritt, konnten seine Begleiter ihm kaum folgen, und ehe der Posten Zeit hatte zu den Waffen zu greifen, war er bereits abgesessen und stieg die Treppe hinauf.

Dieses Mal hatte er den Papstwagen verlassen, um allein, voraus und im Galopp zurückzukehren. Seine Sporen hörte ich zu gleicher Zeit mit dem Trommeltone klirren. Kaum konnte ich mich in den Alkoven eines großen, von niemandem benutzten Paradebettes werfen, das eine Prinzenbalustrade umgab und glücklicherweise bis über die Mitte Vorhänge verhüllten, die mit Bienen wie übersät waren. Der Kaiser schien sehr aufgeregt; er trat allein ins Gemach wie jemand, der ungeduldig wartet, und durchquerte es im Nu dreimal der Länge nach, dann näherte er sich einem Fenster und hub mit seinen Fingernägeln einen Marsch zu trommeln an. Ein Wagen rollte in den Hof, er ließ das Trommeln sein, stampfte zwei- oder dreimal, wie ungeduldig, weil ihm etwas zu langsam ging, mit den Füßen auf, eilte dann ungestüm nach der Türe und öffnete sie dem Papst. Pius der Siebente trat allein ein; Bonaparte sperrte eilig, mit Kerkermeisterschnelligkeit, die Türe zu. Ich verspürte einen starken Schrecken, ich geb es zu, als ich mich als Dritten bei zwei solchen Menschen sah. Indessen verhielt ich mich lautlos und rührte mich nicht, indem ich mit der ganzen Kraft meines Geistes aufachtete und lauschte.

Der Papst war von hohem Wuchs; besaß ein längliches, gelbes und leidendes Antlitz, welches aber voll eines heiligen Adels und einer grenzenlosen Güte war. Seine schwarzen Augen waren groß und schön, halbgeöffnet war sein Mund zu einem wohlwollenden Lächeln, dem sein vortretendes Kinn Ausdruck geistreichster und lebhaftester Feinheit verlieh, ein Lächeln, dem nichts von politischer Trockenheit anhaftete, sondern das ganz christliche Güte war. Ein weißes Käppchen bedeckte seine langen schwarzen, doch von breiten Silberstreifen durchzogenen Haare. Lässig trug er auf seinen gebeugten Schultern einen langen rotsamtenen Bischofsmantel, und sein Rock ging über die Füße hinab. Langsam, mit dem ruhigen und bedächtigen Schritte einer bejahrten Frau trat er ein. Mit niedergeschlagenen Augen setzte er sich in einen der großen, mit Adlern verzierten und vergoldeten römischen Sessel und wartete, was ihm der andere Italiener zu sagen hätte.

Ach, mein Herr, welch eine Szene, welch eine Szene! Noch sehe ich sie vor mir! ... Nicht des Mannes Genie offenbarte sie mir, sondern seinen Charakter; und wenn sich sein viel umfassender Geist nicht in ihr äußerte, so tat sich doch sein Herz in ihr kund... Bonaparte war damals noch nicht so, wie Sie ihn später sahen; hatte noch nicht jenen Bankierbauch, jenes aufgeschwemmte, krankhafte Antlitz, jene gichtigen Beine, all jene ungesunde Wohlbeleibtheit, deren sich leider die Kunst bemächtigte, um der heutigen Ausdrucksweise gemäß einen »Typ« daraus zu schaffen. Der Menge hinterließ sie damit, ich weiß nicht was für eine volkstümliche und groteske Form von ihm, die ihn zum Kinderspielzeug macht, so daß er eines Tages etwa als Fabel und unmöglich wie der unförmige Polichinell dastehn wird ...

Damals war er nicht so, sondern kraftvoll und geschmeidig, sondern flink, lebhaft und schlank, krampfhaft in seinen Bewegungen, anmutig in manchen Momenten, gewählt in seinen Manieren; die Brust war flach und zwischen die Schultern eingesunken, er war noch ganz so, wie ich ihn in Malta gesehen hatte, ein melancholisches und schmales Gesicht.

Unaufhörlich ging er im Zimmer umher, als der Papst eingetreten war; wie ein vorsichtiger Jäger umkreiste er den Sessel und nahm, plötzlich in eines Korporals straffer und unbeweglicher Haltung ihm gegenüber stehen bleibend, die in ihrem Wagen begonnene Unterhaltung, welche durch die Ankunft unterbrochen worden war, wieder auf; es lag ihm viel an ihrer Fortsetzung.

»Ich wiederhole Euch, heiliger Vater, ich bin kein Freigeist und liebe die Klügler und Metaphysiker nicht. Ich versichere Euch, daß ich trotz meiner alten Republikaner zur Messe gehn will.«

Jäh warf er seine letzten Worte wie eine plumpe Lobhudelei dem Papste ins Gesicht und hielt inne, um ihre Wirkung abzuwarten, da er meinte, daß die doch etwas gottlosen Umstände, welche der Zusammenkunft vorausgegangen waren, solch plötzlichem und klarem Geständnisse außergewöhnlichen Wert verleihen müßten ... Der Papst schlug die Augen nieder und legte seine beiden Hände auf die Adlerköpfe, welche die Arme seines Sessels bildeten. Mit dieser Haltung einer römischen Statue schien er deutlich sagen zu wollen: von vornherein füge ich mich darein, all den profanen Dingen Ohr zu leihen, die er mich nach seinem Belieben hören lassen will. Bonaparte ging wieder durchs Gemach und um den Sessel herum, der in der Mitte stand, und ich sah an dem Blick, den er dem alten Pontifex von der Seite zuwarf, daß er weder mit sich noch seinem Widersacher zufrieden war und sich innerlich vorwarf, bei der Wiederaufnahme der Unterhaltung allzu leichtfertig zu Wege gegangen zu sein. Er hub also an, mehr im Zusammenhange zu sprechen, indem er im Kreise umherging und verstohlen durchdringende Blicke in des Gemaches Spiegel warf, in denen des heiligen Vaters ernstes Antlitz sich spiegelte, und indem er ihn, wenn er an ihm vorbeiging, von der Seite, aber niemals von vorn anschaute, da er allzu unruhig über den Eindruck seiner Worte zu erscheinen fürchtete.

»Etwas hab' ich noch auf dem Herzen, heiliger Vater,« sagte er, »daß Ihr der Salbung in derselben Weise wie damals dem Konkordate zustimmt, wie wenn Ihr dazu gezwungen würdet. Ihr habt vor mir das Aussehn eines Märtyrers; Ihr seid da, wie einer, der sich in sein Schicksal fügt, wie wenn Ihr dem Himmel Eure Schmerzen darbötet. In Wahrheit aber ist Eure Lage eine andere, Ihr seid kein Gefangener; bei Gott, Ihr seid frei wie die Luft.«

Pius der Siebente lächelte traurig und sah ihm gerade ins Gesicht. Er fühlte die Ungeheuerlichkeit, welche in den Forderungen dieses despotischen Charakters lag, dem es wie allen Geistern gleicher Natur nicht genügte, sich Gehorsam zu verschaffen, man sollte ihm mit einer Miene gehorchen, als habe man nichts glühender als seine Befehle ersehnt.

»Ja,« fuhr Bonaparte mit mehr Nachdruck fort, »Ihr seid vollkommen frei; Ihr könnt nach Rom zurückkehren, der Weg steht Euch offen, niemand hält Euch zurück.«

Der Papst seufzte und hob seine rechte Hand und die Augen zum Himmel auf, ohne zu antworten; dann ließ er seine gefurchte Stirn langsam wieder sinken und betrachtete das an seinem Halse hängende goldene Kreuz.

Bonaparte fuhr mit Sprechen fort, indem er sich langsamer im Kreise bewegte. Seine Stimme wurde sanft und sein Lächeln anmutsvoll.

»Heiliger Vater, wenn die Würde Eures Amts mich nicht zurückhielte, möcht ich Euch wirklich sagen, daß Ihr ein wenig undankbar seid. Ihr scheint Euch nicht genügend der guten Dienste zu erinnern, die Frankreich Euch leistete. Das Venezianische Konklave, das Euch zum Papste gewählt, hat ganz das Aussehn, als hätte es unter dem Eindrucke meines italienischen Feldzuges und meines über Euch geäußerten Wortes gestanden. Österreich behandelte Euch damals nicht gut und ich war sehr betrübt darüber. Eure Heiligkeit war, glaube ich, genötigt, zu Meer nach Rom zurückzukehren, weil Ihr nicht durch die österreichischen Länder ziehen konntet.«

Er unterbrach sich, um die Antwort des schweigsamen Gastes, den er sich beschert hatte, abzuwarten; Pius der Siebente aber machte nur eine fast unmerkliche Neigung mit dem Kopfe und verharrte wie in Abgeschlagenheit versunken, die ihn am Zuhören hinderte.

Bonaparte schob dann mit dem Fuße einen Stuhl neben des Papstes hohen Sessel... Ich bebte, weil er, als er diesen Sitz holte, mit seinem Achselstück den Vorhang des Alkovens streifte, wo ich verborgen war.

»Das«, fuhr er fort, »betrübte mich als Katholiken wahrlich. Nie habe ich die Zeit gehabt, mich viel mit Theologie abzugeben; bin aber durchaus überzeugt von der großen Macht der Kirche; sie besitzt eine erstaunliche Vitalität, heiliger Vater. Voltaire hat wohl ein bißchen in Eure Rechte eingegriffen, doch ich liebe ihn nicht und will einen alten entkutteten Oratorianer auf ihn loslassen. Ihr sollt zufrieden sein, seht Ihr. Wahrlich, wir könnten, wenn Ihr nur wolltet, viele Dinge in Zukunft vollenden.« Hier steckte er eine Miene der Unschuld und schmeichelndsten Jugend auf.

»Ich weiß es nicht, ich mag suchen wie ich will, ich kann wirklich nicht recht einsehn, warum Ihr so dagegen seid, für immer in Paris Aufenthalt zu nehmen. Ich würde Euch, meiner Treu, die Tuilerien überlassen, wenn Ihr wolltet. Ihr würdet dort schon Euer Monte-Cavallozimmer finden, das Eurer harrt. Ich halte mich dort nicht viel auf. Seht Ihr denn nicht genau, Padre, daß es die wahre Hauptstadt der Welt ist? Ich würde alles tun, was Ihr wünschtet; vor allem bin ich ein besseres Kind, als man meint... Vorausgesetzt, daß der Krieg und die beschwerliche Politik mir überlassen blieben, könntet Ihr die Kirche nach Eurem Belieben einrichten. In jeder Beziehung würde ich Euer Streiter sein. Seht, das könnte wirklich schön sein; wir hätten unsere Konzile wie Konstantin und Karl der Große, ich würde sie eröffnen und schließen; würde Euch dann die wahren Schlüssel der Welt in die Hand geben – und wie unser Herr gesagt hat: Ich bin mit dem Schwerte gekommen, würde ich das Schwert führen und es nach jedwedem Erfolge unserer Waffen Euch nur zum Segnen zurückbringen.«

Bei dem letzten Worte verneigte er sich leicht.

Der Papst, der bis dahin immer regungslos wie eine ägyptische Statue dagesessen hatte, hob langsam sein halbgeneigtes Haupt auf, lächelte melancholisch, schlug seine Augen gen Himmel empor und sagte mit friedlichem Seufzer, wie wenn er seinem unsichtbaren Schutzengel seinen Gedanken anvertraut hätte:

»Commediante!«

Bonaparte sprang von seinem Stuhle auf und prallte zurück wie ein verwundeter Leopard. Ein echter Zorn überkam ihn, einer seiner unglaublichen Wutanfälle. Anfangs schritt er, sich die Lippen blutig beißend, wortlos auf und ab. Er drehte sich nicht mehr mit schlauen Blicken und vorsichtigem Schritte im Kreise um seine Beute, sondern ging geradeaus und fest in die Länge und Breite, ungestüm mit dem Fuße aufstampfend und seine gespornten Hacken klirren lassend. Das Zimmer erbebte; die Vorhänge zitterten wie Baumwipfel beim Nähern des Donners. Mir schien, es müßte sich etwas Schreckliches und Großes ereignen; meine Haare taten mir weh und wider meinen Willen fuhr ich mit der Hand hinein. Ich sah den Papst an, er bewegte sich nicht, nur preßte er mit seinen beiden Händen die Adlerköpfe der Sessellehnen. Plötzlich platzte die Bombe.

»Ein Komödiant, ich! Ah, ich werde Euch Komödien geben, daß Ihr alle wie Weiber und Kinder weinen sollt!... Ein Komödiant! ... Ha, Ihr irrt Euch, wenn Ihr meint, man könne mir gegenüber kalten Blutes unverschämt sein! Theater ist die Welt; die Rolle, welche ich auf ihm spiele, die des Herrn und Schöpfers. Als Komödianten habe ich Euch alle, Päpste, Könige, Völker! ... Ein Komödiant! Ha, man muß anderes Format haben als Ihr, um mir Beifall zu zollen oder mich auszupfeifen zu wagen, Signor Chiaramonti!... Wißt Ihr, daß Ihr nur ein armseliger Pfarrer wäret, wenn ich wollte ? Euch und Eurer Tiara würde Frankreich ins Gesicht lachen, wenn ich, Euch grüßend, nicht meine ernste Miene beibehielte.

Vor nur vier Jahren hat kein Mensch laut von Christus zu sprechen gewagt. Wer würde denn da vom Papste gesprochen haben, he ? ... Ein Komödiant! Ha, meine Herren, Ihr faßt schnell Fuß bei uns! Ihr seid übler Laune, weil ich nicht so dumm wie Ludwig der Vierzehnte gewesen bin, die Mißbilligung der gallikanischen Freiheiten zu unterzeichnen? ... So aber fängt man mich nicht ... Ich halte Euch in meinen Fingern, ich trage Euch wie Marionetten von Süden nach Norden, ich tue so, als hielte ich Euch für etwas, weil Ihr für mich eine alte Idee darstellt, die ich wieder zum Leben erwecken will; und Ihr besitzt nicht den Verstand das zu sehen und tut so, wie wenn Ihr nichts davon begriffet... Doch nein, man muß Euch alles sagen! Man muß Euch mit der Nase auf die Dinge stoßen, damit Ihr sie begreift. Ohne weiteres glaubt Ihr, daß man Eurer bedürfe, und hebt den Kopf wieder auf und drapiert Euch in Eure Weiberröcke! ... Wißt aber wohl, daß die in keiner Weise Eindruck auf mich machen, und daß ich, wenn Ihr so fortfahrt, mit Eurem so umspringen werde, wie Karl der Zwölfte mit dem des Großveziers: mit einem Spornstreich werde ich ihn zerfetzen!«

Er schwieg. Ich wagte nicht zu atmen. Als ich seine Donnerstimme nicht mehr hörte, steckte ich den Kopf vor und wollte sehen, ob der arme Greis nicht vor Schrecken gestorben wäre. Die nämliche Ruhe in der Haltung; die nämliche Ruhe auf den Gesichtszügen. Ein zweites Mal hob er seine Augen gen Himmel auf, und nachdem er nochmals einen schweren Seufzer ausgestoßen hatte, lächelte er bitter und sagte:

»Tragediante!«

In diesem Augenblicke befand sich Bonaparte in der Zimmerecke und stützte sich auf den Marmorkamin, der von gleicher Höhe war wie er. Wie ein Pfeil schnellte er fort und lief auf den Greis los; ich glaubte, er wolle ihn töten. Doch hielt er kurz an, ergriff auf dem Tische eine Sèvresvase, worauf Engelsburg und Kapitol gemalt waren, schleuderte sie gegen die Feuerböcke und den Marmor und zerstampfte sie mit seinen Füßen. Dann setzte er sich plötzlich und verharrte in tiefem Schweigen und in furchtbarer Unbeweglichkeit.

Ich war beruhigt. Fühlte, daß er wieder zur Besinnung gekommen war und daß das Gehirn wieder Herrschaft über das kochende Blut gewonnen hatte. Er wurde traurig, seine Stimme dumpf und melancholisch, und von seinem ersten Worte an merkte ich, daß er nun wahr sei und daß dieser durch zwei Worte gebändigte Proteus sich selber zeige.

»Ein unseliges Dasein«, sagte er zuerst... Dann träumte er vor sich hin, zerfetzte seine Hutkrempe, ohne eine weitere Minute lang auch nur ein Wort zu sprechen, und fuhr dann, mit sich allein redend, im Traume fort:

»Wahrlich, ein Tragöde und ein Komödiant! ... Alles ist Rolle, alles seit langem und für immer Kostüm für mich. Welch eine Beschwerde! Welche Erbärmlichkeit! Posieren, immer posieren, von vorn für die Partei, von der Seite für jene, ganz wie sie wollen! Ihnen als das erscheinen, was man nach ihrem Belieben sein soll, und ihre Torenträume immer richtig erraten. Sie alle zwischen Furcht und Hoffnung stellen... Sie durch Daten und Schlachtenberichte, durch zauberhafte Entfernungen und zauberhafte Namen blenden. Ihrer aller Herr sein und nicht wissen, was man mit ihnen beginnen soll. Meiner Treu, das ist alles! ... Und sich schließlich so zu langweilen, wie ich es tue, das ist zu viel... Denn wahrlich,« fuhr er, die Beine überschlagend und sich in einen Sessel kauernd, fort, »ich langweile mich grenzenlos... Sobald ich mich hinsetze, berste ich vor Langerweile... Ich könnte keine drei Tage in Fontainebleau jagen, ohne vor Gleichgültigkeit zugrunde zu gehen... Ich muß laufen und laufen lassen. Wenn ich wüßte wohin, wollt' ich mich meiner Treu aufhängen lassen. Offenen Herzens rede ich mit Euch. Pläne habe ich für das Leben von vierzig Kaisern, jeden Morgen und jeden Abend fasse ich einen; ich besitze eine unermüdliche Einbildungskraft, werde aber an Leib und Seele verbraucht sein, ehe ich die ihrer zwei ausführen konnte; denn unsere arme Lampe brennt nicht lange. Und frei heraus, wenn man alle meine Pläne ausführte, möcht' ich nicht schwören, daß die Welt sich dann viel glücklicher fühlen würde; schöner aber wäre sie und eine machtvolle Einheit würde über sie gebieten... Ich bin kein Philosoph, und kenne nur unsern Florentiner Staatssekretär, der gesunden Menschenverstand besaß. Von gewissen Theorien verstehe ich nichts. Das Leben ist zu kurz, um Halt zu machen. Sobald ich gedacht habe, führe ich aus. Nach mir wird man genugsam Erklärungen für meine Handlungen finden, um mich zu vergrößern, wenn ich erfolgreich bin, und zu verkleinern, wenn ich falle. Paradoxe stehen immer fix und fertig da, in Frankreich sind sie im Überflusse vorhanden; zu meinen Lebzeiten bringe ich sie zum Schweigen, nachher aber wird man ja sehn... Tut nichts; meine Sache ist, Erfolg zu haben, und darauf ziele ich. Ich schaffe meine tätige Ilias und zwar alle Tage.«

Hier erhob er sich mit froher Schnelligkeit und gewisser Munterkeit und Lebendigkeit; in diesem Augenblicke war er natürlich und wahr und dachte nicht daran sich so zu zeigen, wie er es später in seinen Zwiegesprächen auf Sankt Helena tat; er dachte nicht daran sich zu idealisieren und legte seine Persönlichkeit nicht zurecht, wie wenn er die schönsten philosophischen Gedanken verwirklichen wolle; er war er selber, ganz offenherzig... Er kam zum heiligen Vater zurück, der nicht eine Bewegung gemacht hatte, und ging vor ihm auf und ab. Dort äußerte er, halb ironisch lachend, nach seiner Weise Triviales mit Großem vermengend, indem er mit unvergleichlicher Zungenfertigkeit, mit dem jähen Ausdrucke jenes leichten und raschen Genies sprach, welches zwanglos alles sofort errät, etwa folgendes:

»Geburt ist alles,« sagte er; »wer arm und nackt auf die Welt kommt, ist immer verzweifelt. Alles läuft auf Tätigkeit oder Selbstmord hinaus, je nach Charakter der Leute. Wenn sie wie ich mutig Hand an alles legen, toben sie wahrlich entsetzlich. Immerhin, man muß leben. Man muß seinen Platz finden und sein Loch graben.

Wie eine Kanonenkugel habe ich meines aufgewühlt. Um so schlimmer für die, welche vor mir standen... Die einen begnügen sich mit wenig, andere kriegen nie genug... Da ist nichts zu ändern. Jeder ißt nach seinem Appetit; ich aber hatte großen Hunger! ... Seht, heiliger Vater, in Toulon besaß ich nicht so viel, daß ich mir ein Paar Achselstücke kaufen konnte, und statt dessen hatt' ich eine Mutter und, ich weiß nicht wie viele, Brüder auf den Achseln. Alles das ist jetzt untergebracht und ich hoffe ziemlich anständig. Josephine hatte mich schier aus Mitleid geheiratet und jetzt krönen wir sie Raguideau, ihrem Notar, zum Trotz, der erklärte, daß ich kein Vermögen besäße. Er hatte wahrhaftig nicht so unrecht! Kaisermantel, Krone, was ist das alles? Gehört mir das?... Kostüm, Theaterkostüm! Für eine Stunde werde ich es anlegen und dann genug von ihm haben... Dann will ich meinen bescheidenen Offiziersrock wieder anziehn und zu Pferde steigen... Immer zu Pferd, das ganze Leben über zu Pferde! ... Ich werde eines Tages nicht dasitzen und Gefahr laufen vom Thronsessel heruntergeworfen zu werden. Ist das denn sehr beneidenswert? He?

Ich sage Euch, heiliger Vater, auf der Welt gibts nur zwei Menschenklassen: die Besitzenden und die Gewinnenden.

Die ersteren kuschen, die anderen rühren sich. Da ich das früh und zur rechten Zeit begriffen habe, werd' ich es weit bringen, das ist alles. Nur zwei sind zum Ziele gelangt, die mit vierzig Jahren anfingen: Cromwell und Jean-Jacques. Wenn Ihr dem einen eine Pachtung, dem anderen zwölfhundert Franken und seine Magd gegeben hättet, würden sie weder gepredigt, noch befehligt, noch geschrieben haben. Es gibt Arbeiter für Gebäude, für Farben, für Formen und für Phrasen, ich bin Arbeiter für Schlachten. Das ist mein Handwerk... Mit fünfunddreißig Jahren habe ich ihrer bereits achtzehn zustande gebracht, die sich Siege nennen... Für meine Arbeit muß man mich wohl bezahlen. Und sie mit einem Throne bezahlen, ist nicht zu teuer... Überdies werde ich stets Arbeit leisten. Ihr sollt ihrer noch andere sehn. Alle Dynastien sollt Ihr von meiner sich her schreiben sehn, wenn ich auch nur ein Emporkömmling und gewählt bin! Gewählt wie Ihr, heiliger Vater, und aus der Menge herausgehoben. In dem Punkte können wir uns die Hand reichen.«

Und sich nähernd, streckte er seine weiße und ungestüme Hand der fleischlosen und furchtsamen des guten Papstes hin, welcher, vielleicht von dem gutmütigen Tone dieser letzten kaiserlichen Regung, vielleicht von einem heimlichen Rückblick auf sein eigenes Schicksal und einem traurigen Gedanken an die Zukunft der christlichen Gemeinschaften gerührt, ihm leise seine noch zitternden Fingerspitzen mit der Miene einer Großmutter reichte, die sich mit einem Kinde, das sie zu ihrem Kummer zu heftig ausgezankt hatte, wieder aussöhnt. Dennoch schüttelte er traurig das Haupt, und ich sah aus seinen schönen Augen eine Träne rinnen, die schnell über seine fahle und abgezehrte Wange glitt. Sie erschien mir als letztes Lebewohl des sterbenden Christentums, welches die Erde dem Egoismus und dem Zufall überließ.

Einen verstohlenen Blick warf Bonaparte auf die jenem armen Herzen abgepreßte Träne, und zu meiner Überraschung sah ich auf einer Seite seines Mundes eine blitzschnelle Bewegung, die einem Triumph lächeln glich ...

In diesem Augenblicke kam mir diese allmächtige Natur minder erhaben und edel als die seines heiligen Widersachers vor; hinter meinen Vorhängen trieb mir das die Röte über all meine frühere Begeisterung ins Gesicht, ich verspürte eine ganz neue Traurigkeit, indem mir bewußt ward, wie klein höchste politische Größe in den kalten Ränken ihrer Eitelkeit, in ihren kläglichen Fallstricken und gewissenlosen Abscheulichkeiten werden kann. Ich sah, daß er nichts von seinem Gefangenen gewollt und es ihm eine stille Freude bereitet hatte, in diesem Zwiegespräch nicht schwach geworden zu sein und – nachdem er sich von einer Zorneswallung hatte überraschen lassen – den Gefangenen unter Gemütsbewegung, Ermüdung, Furcht und aller Schwäche, welche in eines Greises Auge eine unerklärliche Träne hervorrufen kann, niederzubeugen.

Er hatte den letzten Zug haben wollen und ging, ohne ein Wort hinzuzufügen, ebenso ungestüm hinaus, wie er hereingekommen war. Ob er den Papst gegrüßt hatte, sah ich nicht. Ich glaube es nicht.

5. Ein Seemann

Sobald der Kaiser das Gemach verlassen hatte, erschienen zwei Geistliche beim heiligen Vater und führten ihn, der erregt, bewegt war und zitterte, fort, indem sie ihn unter jedem Arme stützten.

Bis zur Nacht blieb ich im Alkoven, wo ich die Unterhaltung angehört hatte. Meine Gedanken waren verwirrt; aber nicht das Schreckliche dieser Szene beherrschte mich. Ich war niedergeschlagen über das, was ich gesehn, und da ich jetzt wußte, bis zu welch üblen Berechnungen ganz persönlicher Ehrgeiz das Genie erniedrigen kann, haßte ich diese Leidenschaft, die den glänzendsten der Herrscher eben vor meinen Augen gebrandmarkt hatte, ihn, der dem Jahrhundert vielleicht seinen Namen geben wird, weil er es um zehn Jahre in seinem Laufe aufhielt.

Ich fühlte die Torheit sich einem Menschen zu weihen, weil die despotische Gewalt unsere schwachen Herzen unfehlbar schlecht macht; doch ich wußte nicht, welcher Idee ich mich nun fortan widmen sollte. Wie gesagt, ich war damals achtzehn Jahre alt und besaß nur erst einen unklaren Instinkt für das Wahre, Gute und Schöne, der jedoch hartnäckig genug war, um mich fortgesetzt an seine Erforschung zu fesseln. Es ist das einzige an mir, was ich schätze. Ich meinte, es sei meine Pflicht über das Gesehene zu schweigen; doch hatte ich Grund zur Annahme, daß man mein momentanes Verschwinden aus des Kaisers Gefolge bemerkt hätte, denn folgendes geschah mir.

In des Herrn Benehmen gegen mich bemerkte ich keinen Wechsel. Doch brachte ich nur noch wenige Tage bei ihm zu und das aufmerksame Studium seines Charakters, das ich mir vorgenommen, wurde rauh unterbrochen. Eines Morgens erhielt ich Befehl, auf der Stelle ins Boulogner Lager abzugehn, bei meiner Ankunft dort den weiteren Befehl, mich auf einem der flachen Fahrzeuge einzuschiffen, die man auf dem Meere ausprobierte.

Wenn man mir diese Reise vor der Fontainebleauer Szene angekündigt, hätte mich der Aufbruch mehr verdrossen. So atmete ich auf, als ich mich von dem alten Schloss und seinem Wald entfernte; bei diesem unwillkürlichen Troste fühlte ich, daß meine fanatische

Anhängerschaft bis ins Herz ausgehöhlt worden war. Anfangs war ich traurig über die Entdeckung und zitterte für die blendende Illusion, die mir meine blinde Ergebenheit zur Pflicht machte. Nackt hatte der große Egoist sich vor mir gezeigt. Je mehr ich mich aber von ihm entfernte, desto größer sah ich ihn in seinen Werken, und dadurch gewann er abermals, zum Teil wenigstens, jenen magischen Einfluß auf mich, durch den er die Welt geblendet ... Indessen war es mehr der riesenhafte Gedanke des Krieges, der mir fortan vorschwebte, als der an den Mann, der ihn in so fürchterlicher Weise personifizierte. Ich fühlte, wie bei diesem großen Anblicke sich in mir ein wahnsinniger Taumel für den Schlachtenruhm verdoppelte und alles daransetzte, mich dem Herrn gegenüber, der ihm gebot, auf andere Gedanken zu bringen und mit Stolz die ständige Arbeit der Männer zu betrachten, die mir alle seine bescheidenen Arbeiter zu sein schienen.

Tatsächlich war es ein homerisches Gemälde und durchaus geeignet, Schüler durch den Taumel vielfältiger Taten zu fesseln. Etwas Falsches mischte sich dennoch darunter und zeigte sich mir verschwommen, aber noch ohne jegliche Klarheit, und ich fühlte, daß es einer besseren Einsicht als der meinen bedurfte, die mich den Grund all dessen entdecken ließ. Eben hatte ich den Feldherrn abzuschätzen gelernt, nun mußte ich den Krieg ergründen ...

Folgendes neues Ereignis gab mir diese zweite Lehre: denn ich habe in meinem Leben drei harte Belehrungen erhalten und ich berichte sie Ihnen, nachdem ich tagtäglich darüber nachgedacht. Ihre Stöße erschüttern mich heftig und die letzte stürzte meiner Seele Götzenbild vollends zu Boden.

Die scheinbare Absicht einer Eroberung Englands zu Schiffe, die wiederbelebten Erinnerungen an Wilhelm den Eroberer, die Auffindung des Cäsarschen Feldlagers in Boulogne, die plötzliche Vereinigung von neunhundert Fahrzeugen unter dem Schutze einer täglich einlaufen sollenden Flotte von fünfhundert Segeln in diesem Hafen, die Einrichtung von Lagern in Dünkirchen und Ostende, Calais, Montreuil und Saint-Omer unter den Befehlen von vier Marschallen, der militärische Thron, von dem die ersten Sterne der Ehrenlegion herabfielen, die Revuen, Feste, Teilangriffe, all der Glanz hatte dem geometrischen Ausdrucke gemäß, auf seine einfachste Formel zurückgeführt, den dreifachen Zweck: England zu beunruhigen, Europa einzulullen und das Heer zu konzentrieren und zu begeistern.

Nachdem er die drei Ziele erreicht, ließ Bonaparte die künstliche Maschine, die er in Boulogne hatte spielen lassen, Stück für Stück auseinanderfallen. Als ich dort anlangte, lief sie leer wie die in Marly. Die Generäle führten dort noch täuschende Bewegungen eines angeblichen Eifers aus und waren sich dessen nicht bewußt. Man warf noch einige unglückselige Fahrzeuge ins Meer hinaus, welche von den Engländern verachtet und von Zeit zu Zeit in den Grund gebohrt wurden. Am Tage nach meiner Ankunft erhielt ich Befehl über eines dieser Fahrzeuge.

An dem Tage befand sich eine einzige englische Fregatte auf dem Meere. Mit majestätischer Gelassenheit lavierte sie, ging, kam, drehte sich, neigte sich, hob sich wieder, spiegelte sich, glitt dahin, machte Halt und spielte wie ein sich badender Schwan in der Sonne. Unser elendes Fahrzeug neuer und schlechter Erfindung hatte sich mit vier anderen ähnlichen Fahrzeugen sehr weit vorgewagt und wir waren ganz stolz auf unsern Mut, seit frühem Morgen schon auf See zu sein, als wir plötzlich der Fregatte friedliche Spiele bemerkten. Vom Festlande aus gesehen würden sie uns zweifelsohne sehr reizend und poetisch vorgekommen sein, oder auch dann, wenn sie es dabei belassen hätte, sich zwischen England und uns zu belustigen, doch tat sie's im Gegenteil zwischen uns und Frankreich. Die Boulogner Küste lag mehr als eine Meile fern. Das stimmte uns nachdenklich. Wir setzten alle unsere schlechten Segel und unsere noch viel schlechteren Ruder bei, und während wir uns abplagten, nahm die friedliche Fregatte weiterhin ihr Meerbad und beschrieb tausend anmutige Kreise um uns herum, indem sie wie ein gut dressiertes Pferd hohe Schule ritt, die Seite wechselte und in der liebenswürdigsten Weise ihre S und Z beschrieb. Wir bemerkten, daß sie die Güte hatte, uns mehrere Male vor sich vorbeifahren zu lassen, ohne einen Kanonenschuß auf uns abzugeben, ja plötzlich zog sie sogar alle ihre Kanonen ein und schloß alle ihre Stückpforten. Anfangs meinte ich, dies sei ein ganz friedliches Manöver, und verstand nichts von dieser Höflichkeit.

Ein alter derber Seemann aber versetzte mir einen Rippenstoß und sagte:

»Das geht übel aus.«

Tatsächlich fuhr die liebenswürdige und schöne Fregatte, nachdem sie uns schön wie Mäuse vor einer Katze vor sich hatte herlaufen lassen, mit vollen Segeln auf uns los und stieß uns, ohne uns eines Schusses zu würdigen, wie ein Pferd mit der Brust mit seinem Vorderteile an, zerbrach, zermalmte, bohrte uns in den Grund und fuhr fröhlich über uns weg. Einige Boote ließ sie die Gefangenen auffischen, von welchen ich der zehnte von den zweihundert Mann war, die wir bei der Abfahrt gezählt hatten. Die schöne Fregatte hieß »die Najade«, die wir, wie sie sich wohl denken können, um der französischen Fertigkeit in Wortspielen nicht verlustig zu gehen, seitdem immer »die Noyade« (die Ertränkerin) nannten.

Ich hatte ein so heftiges Bad genommen, daß man mich gerade als tot ins Meer zurückwerfen wollte, als ein Offizier, welcher meine Brieftasche untersuchte, darinnen meines Vaters Brief, den Sie eben gelesen haben, mit Lord Collingwoods Schrift darauf fand. Er ließ mir lebhaftere Sorgfalt zu teil werden; man fand noch einige Lebenszeichen in mir, und als ich wieder zu Bewußtsein kam, befand ich mich nicht an Bord der anmutigen »Najade«, sondern auf der »Victory«. Ich fragte, wer das Schiff befehlige. Lakonisch antwortete man mir: »Lord Collingwood«. Ich glaubte, er sei der Sohn von meines Vaters Bekannten; als man mich aber zu ihm führte, ward ich aus meinem Irrtum gerissen. Es war noch der nämliche Mann.

Ich konnte mein Erstaunen nicht mäßigen, als er mir mit wahrhaft väterlicher Güte sagte, daß er sich nicht gewärtig gewesen wäre des Sohnes Hüter zu werden, nachdem er der des Vaters gewesen sei; er hoffe aber, nicht übler dabei zu fahren. Er habe dem Greise in seinem letzten Augenblicke beigestanden, und als er meinen Namen gehört, mich bei sich an Bord haben wollen. Er sprach im besten Französisch mit melancholischer Sanftmut zu mir, deren Ausdruck mir niemals aus dem Gedächtnis geschwunden ist. Wenn ich mein Wort gäbe keinen Fluchtversuch zu unternehmen, könnte ich bei ihm an Bord bleiben. Ohne Zaudern gab ich ihm mein Ehrenwort, wie es achtzehnjährige junge Leute tun; und da ich es an Bord der »Victory« schöner als auf einem Ponton fand und zu meinem Erstaunen nichts sah, was die Vorurteile, die man uns gegen die Engländer beibrachte, rechtfertigte, schloß ich ziemlich schnell mit den Offizieren des Schiffes Bekanntschaft. Meine Unkenntnis des Meeres und ihrer Sprache belustigte sie und sie unterhielten sich damit, mir die eine wie die andere mit umso größerer Höflichkeit zu benehmen, als ihr Admiral mich wie einen Sohn behandelte. Dennoch überfiel mich eine große Traurigkeit, wenn ich in der Ferne die weißen Küsten der Normandie entdeckte, und ich mußte mich entfernen, um nicht zu weinen. Ich widerstand der Lust, die ich dazu verspürte, weil ich jung und kraftvoll war; später aber, als mein Wille nicht mehr mein Herz bewachte, als ich zu Bett gegangen und eingeschlummert war, stürzten unwillkürlich Tränen aus meinen Augen und benetzten meine Wangen und meines Lagers Linnen dergestalt, daß ich wieder erwachte.

Eines Abends vor allem: es hatte einen neuen Sieg über eine französische Brigg gegeben. Von weitem sah ich sie zugrunde gehen, ohne daß man einen einzigen Mann der Besatzung zu retten vermochte, und trotz des Ernstes und der Zurückhaltung der Offiziere mußte ich doch die Schreie und Hurras der Matrosen anhören, welche voller Freude das kriegerische Unternehmen sich in nichts auflösen und das Meer tropfenweise jene Flut verschlingen sahen, welche ihr Vaterland zu vernichten drohte. Den ganzen Tag über hatte ich mich in jenen Verschlag, den mir Lord Collingwood bei seiner Kabine, wie wenn er seinen Schutz damit noch besser beweisen wollte, hatte einräumen lassen, zurückgezogen und versteckt; als die Nacht gekommen war, stieg ich allein auf Verdeck. Bittrer denn je hatte ich den Feind um mich herum empfunden und ich hub an über mein so früh gehemmtes Schicksal mit größerer Bitterkeit nachzusinnen. Schon einen Monat war ich Kriegsgefangener und Admiral Collingwood, der mich öffentlich mit solch großem Wohlwollen behandelte, hatte mich nur einen Augenblick, am ersten Tage meiner Ankunft an Bord, insgeheim gesprochen. Er war gut, aber kalt und in seinem, wie im Wesen aller englischen Offiziere, gab es einen Punkt, wo Herzensergüsse Halt machten und abgezirkelte Höflichkeit sich wie ein Schlagbaum über alle Wege legte. Und dadurch eben macht sich das Leben im fremden Lande fühlbar. Mit gewissem Schreck dachte ich daran, wenn ich meine tief erniedrigende Lage, welche bis zum Kriegsende währen konnte, betrachtete, und als unvermeidlich sah ich das Opfer meiner Jugend an, die durch die schmähliche Nutzlosigkeit des Gefangenseins vernichtet ward.

Pfeilschnell fuhr die Fregatte mit allen Segeln dahin und ich fühlte sie nicht vorwärtskommen. Meine beiden Hände hatte ich auf ein Ankertau und meine Stirn auf meine beiden Hände gestützt, so geneigt schaute ich in das Wasser des Meeres. Seine grünen und dunklen Tiefen versetzten mich in eine Art Taumel und das Schweigen der Nacht wurde nur durch englische Rufe unterbrochen. Einen Moment hoffte ich, das Schiff würde mich recht weit weg von Frankreich tragen und anderen Morgens würd' ich jene graue und weiße Küste, welche in die gesegnete, heißgeliebte Erde meines armen Vaterlandes einschnitt, nicht mehr sehen ...

So meinte ich von dem ständigen Verlangen, das dieser Anblick in mir wachrief, befreit zu werden, und wenigstens nicht jene Qual zu erleiden, ohne Ehrlosigkeit nicht einmal an Entkommen denken zu dürfen, eine Tantaluspein, in der sich mein glühender Vaterlandsdurst für lange Zeit verzehren mußte. Niedergebeugt war ich durch meine Einsamkeit und wünschte eine baldige Gelegenheit herbei, mich töten zu lassen. Ich träumte davon, wie ich meinen Tod geschickt und nach der Alten großen und würdigen Weise bewerkstelligen könnte. Ich stellte mir ein heroisches Ende vor, das derer würdig war, die Inhalt so vieler Unterhaltungen der Pagen und Kriegerkinder, Gegenstand so tiefen Neides bei meinen Gefährten gewesen waren.

Mit solchen Träumen, die bei einem Achtzehnjährigen mehr einem fortwährenden Drange nach Tätigkeit und Kampf als einer ernsthaften Betrachtung ähneln, beschäftigte ich mich, als ich mich leise am Arm gefaßt werden fühlte und, als ich mich umdrehte, den guten Admiral Collingwood hinter mir stehen sah. Er hatte sein Nachtfernrohr in der Hand und war in strenger englischer Haltung in große Uniform gekleidet. In väterlicherweise legte er eine Hand auf meine Schulter und ich bemerkte einen Zug tiefer Melancholie in seinen großen schwarzen Augen und auf seiner Stirne. Seine halbgepuderten weißen Haare fielen ziemlich nachlässig über die Ohren und durch die unwandelbare Ruhe seiner Stimme und Manieren schimmerte tiefe Traurigkeit durch, die mich an diesem

Abend besonders überraschte und mir sofort tiefere Ehrfurcht und Aufmerksamkeit ihm gegenüber einflößte.

»Sie sind schon traurig, mein Kind,« sagte er zu mir. »ich hab' Ihnen einige Kleinigkeiten zu sagen; wollen Sie ein wenig mit mir plaudern ?«

Ich stotterte einige unklare Worte des Dankes und der Höflichkeit, die wahrscheinlich recht unsinnig waren, denn er hörte sie nicht an und setzte sich, mir eine Hand hinstreckend, auf eine Bank. Aufrecht stand ich vor ihm.

»Sie sind erst seit einem Monat Gefangener,« fuhr er fort, »und ich bin es seit dreißig Jahren. Ja, mein Freund, ich bin Gefangener des Meeres, es bewacht mich auf allen Seiten: immer Fluten und Fluten; ich sehe nur sie, ich höre nur sie. Meine Haare sind weiß geworden unter ihrem Schaum und mein Rücken hat sich unter ihrer Feuchtigkeit schon ein wenig gewölbt. So wenig Zeit habe ich in England zugebracht, daß ich es nur von der Karte her kenne. Das Vaterland ist ein Idealwesen, das ich stets nur flüchtig sah, dem ich aber als Sklave diene und das seine Härte gegen mich in dem Maße steigert, wie ich ihm unentbehrlich werde. Das ist unser gewöhnliches Los und es ist sogar unser heißester Wunsch, solche Ketten zu tragen; manchmal aber lasten sie schwer.«

Er unterbrach sich einen Augenblick und wir schwiegen beide, denn ich würde kein Wort zu äußern gewagt haben, da ich genau sah, daß er fortfahren wollte.

»Viel hab' ich nachgedacht,« fuhr er fort, »und mich über meine Pflicht befragt, als ich Sie an Bord bekam. Ich hätte Sie nach England bringen lassen können, doch hätten Sie dort einem Elend, vor dem ich Sie stets bewahren will, und einer Verzweiflung, vor der ich Sie auch zu retten hoffe, anheimfallen können. Für Ihren Vater habe ich wirklich aufrichtige Freundschaft empfunden und will ihm hiermit einen Beweis davon geben; wenn er mich sehen könnte, würd' er zufrieden mit mir sein, nicht wahr?«

Der Admiral schwieg abermals und drückte mir die Hand. Er beugte sich sogar in der Dunkelheit vor und schaute mich aufmerksam an, um deutlich zu sehen, was ich bei allem, was er mit mir redete, empfand. Doch war ich zu bestürzt, um ihm zu antworten. Er fuhr schneller fort:

»Ich habe bereits an die Admiralität geschrieben, daß Sie beim ersten Gefangenenaustausch nach Frankreich zurückgeschickt werden sollen. Doch das kann lange währen,« fügte er hinzu, »ich verheimliche es Ihnen nicht; denn, abgesehen davon, daß Bonaparte sich nicht gern dazu herbeiläßt, macht man von uns nur wenige Gefangene ... Inzwischen möcht' ich Ihnen sagen, daß ich mit Freuden sehen würde, wenn Sie die Sprache Ihrer Feinde erlernten; wie Sie sehen beherrschen wir die Ihrige. Wenn Sie wollen, arbeiten wir zusammen und ich will Ihnen Shakespeare und Kapitän Cook leihen ... Betrüben Sie sich nicht; eher als ich werden Sie frei sein, denn wenn der Kaiser keinen Frieden schließt, werde ich's für mein ganzes Leben nicht werden!«

Der gütige Ton, durch den er sich mit mir verband und der uns zu Kameraden in seinem schwimmenden Gefängnisse machte, tat mir um seinetwillen weh; ich fühlte, daß er in solch aufopferndem und einsamen Leben das Bedürfnis verspürte, Gutes zu tun, um sich heimlich über die Rauhheiten seiner stets kriegerischen Mission zu trösten.

»Mylord,« sagte ich zu ihm, »lehren Sie mich, bevor Sie mir Worte einer neuen Sprache beibringen, die Gedanken, durch die Sie zu jener vollkommenen Ruhe, jenem seelischen Gleichmute gelangt sind, welcher wie Glück aussieht, hinter dem aber ewiges Leid steht ... Verzeihen Sie mir, was ich Ihnen da sage, doch ich fürchte, daß solche Tugend nur ständige Täuschung ist.« »Sie irren schwer,« sagte er, »schließlich beherrscht das Pflichtgefühl den Geist derartig, daß es in den Charakter übergeht und einer seiner Hauptzüge wird, gerade so, wie eine gesunde, ständig gereichte Nahrung die Blutmenge ändern und eine der Grundbeschaffenheiten unserer Leibesverfassung werden kann. Mehr vielleicht als jeder andere Mann hab ich erfahren, wie leicht man bis zu dem Punkte gelangen kann, wo man sich selber völlig vergißt. Man kann sich aber des Menschen nicht ganz entäußern und es gibt Dinge, die einem mehr am Herzen liegen, als man möchte.«

Da unterbrach er sich und nahm sein langes Fernrohr. Er legte es auf meine Schulter, um ein fernes Licht zu beobachten, das am Horizonte aufblitzte, und da er sofort an der Bewegung sah, was es war, sagte er: »Fischerboote!« und setzte sich wieder neben mich, der ich am Schiffsrande saß. Ich merkte, daß er mir seit langem etwas zu sagen hatte, worauf er noch nicht losziele.

»Sie sprechen nie von Ihrem Vater,« sagte er plötzlich zu mir, »ich bin verwundert, daß Sie mich nicht nach ihm ausfragen, was er gelitten, was er gesagt hat und nach seinem letzten Willen.«

Und da die Nacht sehr hell war, sah ich nochmals, daß ich von seinen großen schwarzen Augen aufmerksam betrachtet wurde.

»Ich fürchtete unbescheiden zu sein,« erwiderte ich verwirrt ...

Er preßte meinen Arm, wie wenn er mich am Weiterreden hindern wollte.

»Es ist nicht das,« sagte er, »my child, es ist nicht das.«

Und zweifelnd und gütig schüttelte er den Kopf.

»Ich habe wenig Gelegenheit gefunden Sie zu sprechen, Mylord.«

»Auch wenn Sie täglich Gelegenheit gehabt hätten, würden Sie nicht mit mir darüber gesprochen haben,« unterbrach er mich.

Ich bemerkte, daß er erregt war; und in seinem Tone lag etwas wie ein Vorwurf. Das also hatte er auf dem Herzen. Ich dachte noch über eine andere törichte Antwort nach, um mich zu rechtfertigen, denn nichts macht einen einfältiger als schlechte Entschuldigungen.

»Mylord«, sagte ich zu ihm, »das demütigende Gefühl des Gefangenseins zehrt mehr an einem Menschen, als Sie denken können ...« Und ich erinnere mich, daß ich bei diesen Worten eine würdige Miene und die Haltung eines Regulus anzunehmen glaubte, die Eindruck auf ihn machen konnten.

»Ach, armer Junge, armes Kind, ... Poor boy,« sagte er, »Sie sind nicht aufrichtig.

Sie erforschen sich nicht. Suchen Sie recht und Sie werden eine Gleichgültigkeit finden, für die man nicht Sie, wohl aber das militärische Los Ihres armen Vaters zur Rechenschaft ziehen kann.«

Er hatte der Wahrheit den Weg gebahnt; ich ließ ihr freien Lauf.

»Fest steht,« sagte ich, »daß ich meinen Vater nicht kannte, kaum ein einziges Mal hab' ich ihn auf Malta gesehen.«

»Das ist die Wahrheit!« rief er. »Das ist die Grausamkeit, mein Freund! Meine beiden Töchter werden einst dasselbe sagen. Werden sagen: ›Wir kannten unsern Vater ja nicht!‹; Sarah und Mary werden das sagen. Und doch liebe ich sie mit heißem und zärtlichem Herzen, erziehe sie aus der Ferne, überwache sie von meinem Schiffe aus, schreibe ihnen tagtäglich, leite ihre Lektüre, ihre Arbeiten, schicke ihnen Gedanken und Gefühle und empfange ihre kindlichen Geständnisse dafür; ich tadle sie, besänftige mich, söhne mich wieder mit ihnen aus; ich weiß alles was sie tun. Weiß, an welchem Tage sie mit allzu schönen Kleidern in der Kirche waren. Ich schicke ihrer Mutter ständig Verhaltungsbefehle für sie, sehe im Voraus, wer sie lieben, um sie anhalten und heiraten wird; ihre Männer werden meine Söhne sein; ich erziehe sie zu frommen und einfachen Frauen: man kann nicht mehr Vater sein, als ich es bin ... Und doch, all das bedeutet nichts, weil sie mich nicht sehen.«

Diese letzten Worte sagte er mit bewegter Stimme, durch die man Tränen hindurch fühlte .., Nach augenblicklichem Schweigen fuhr er fort:

»Ja, Sarah hat nur auf meinen Knien gesessen, als sie zwei Jahre alt war, und Mary hab' ich nur in meinen Armen gehalten, als ihre Augen noch nicht erschlossen waren. Ja, es ist billig, daß Sie Ihrem Vater gegenüber gleichgültig geworden sind, eines Tages werden es meine Töchter auch mir gegenüber sein. Einen Unsichtbaren liebt man nicht ... Was ist denn Ihr Vater für Sie ? Ein täglicher Brief ... Ein etwas mehr oder minder kühler Rat ... Man liebt keinen Rat, man liebt ein Lebewesen ... und ein Lebewesen, das man nicht sieht, ist nicht vorhanden und liebt man nicht ... und wenn es gestorben ist, ist es nicht weiter fort, als es schon immer war... und man beweint es nicht.«

Er erstickte und hielt inne. Da er einem Fremden gegenüber in solchem Schmerzgefühl nicht weiter gehen wollte, entfernte er sich, ging einige Zeit über spazieren und schritt das Deck in der Länge und Breite ab. Ich war sehr gerührt über diesen Anblick, der mir Gewissensbisse bereitete, weil ich nicht genügend empfunden hatte, was ein Vater wert ist, und ich verdanke diesem Abend die erste gute, natürliche und heilige Regung, die mein Herz empfand. An diesen tiefen Klagen, dieser unüberwindlichen Traurigkeit inmitten strahlenden militärischen Glanzes begriff ich, was ich alles verloren, als ich die Liebe zum häuslichen Herde, die in einem so großen Herzen solch brennende Sehnsucht zurückzulassen vermochte, nicht kennen gelernt hatte; begriff alles Erkünstelte in unserer barbarischen und rohen Erziehung, in unserem unersättlichen Bedürfnis nach betäubenden Handlungen; sah, wie durch eine plötzliche Offenbarung des Herzens, daß es ein anbetungswürdiges und beneidenswertes Leben gäbe, dem ich gewaltsam entrissen worden war, ein wahres Leben väterlicher Liebe, an dessen statt man uns ein falsches Leben bereitete, das voll war von Haßgedanken und allen Arten kindischer Eitelkeiten; begriff, daß es nur etwas gäbe, das schöner als die Familie sei und dem man sie als heiliges Opfer bringen könne: die andere Familie nämlich das Vaterland. Und während der tapfere alte Mann fern von mir weinte, weil er gut war, vergrub ich meinen Kopf in meine beiden Hände und weinte darüber, daß ich bislang so schlecht gewesen.

Nach einigen Minuten kehrte der Admiral zu mir zurück:

»Ich muß Ihnen sagen,« fuhr er mit festerem Tone fort, »daß wir uns ungesäumt Frankreich nähern werden. Als ständige Wache muß ich vor Häfen stehn. Ich habe nur ein Wort hinzuzufügen und wollte, daß dies unter vier Augen geschehe: erinnern Sie sich, daß Sie auf Ihr Ehrenwort hin hier sind, und daß ich Sie nicht überwachen werde; doch je mehr Zeit verstreicht, mein Kind, desto schwerer wird die Prüfung werden. Sie sind noch sehr jung; wenn die Versuchung zu groß wird, als daß Ihr Mut ihr widerstehen könnte, wenn Sie zu unterliegen fürchten, suchen Sie mich auf und verbergen Sie sich nicht vor mir, ich will Sie vor einer unehrenhaften Handlung bewahren, die zum Unglück ihres Namens einige Offiziere begingen. Denken Sie daran, daß man eine Galeerenkette zerbrechen darf, wenn man es vermag, niemals aber ein Ehrenwort.«

Und nach diesen letzten Worten verließ er mich mit einem Händedruck.

Ich weiß nicht, mein Herr, ob Sie an Ihrem eignen Fleisch bemerkt haben, daß Umwälzungen, die in unserer Seele vor sich gehen, häufig von einem Tage, einer Stunde oder einer denkwürdigen und unvorhergesehenen Unterhaltung abhängen, die uns erschüttert und gleichsam ganz neue Keime in uns hineinlegt, welche langsam wachsen, und unsere ferneren Handlungen sind nur ihre Folge und natürliche Entwicklung. So wirkten auf mich der Morgen in Fontainebleau und die Nacht auf dem englischen Schiffe.

Admiral Collingwood überließ mich einem neuen Kampfe als Beute. Was in mir nur tiefe Langeweile der Gefangenschaft und ein maßloser und jugendlicher Tätigkeitsdrang war, ward ein zügelloses Vaterlandsbedürfnis; angesichts des Schmerzes, der einen stets von seiner mütterlichen Erde getrennten Mann auf die Dauer aushöhlte, fühlte ich eine große Hast, meines kennen zu lernen und anzubeten. Ich dachte mir das heiß ersehnte Glück aus, das meiner in Wirklichkeit gar nicht harrte, stellte mir eine Familie vor und hub an, von Verwandten zu träumen, die ich kaum gekannt hatte und die allzu wenig verehrt zu haben ich mir zum Vorwurf machte, während sie gewohnt waren, kaum mit mir zu rechnen und in ihrer Kälte und in ihrem Egoismus völlig gleichgültig meiner verlassenen und verfehlten Existenz gegenüber lebten. So wandte sich das Gute selber in mir zum Bösen; der gute Admiral hatte mir seinen weisen Rat, den er mir erteilen zu müssen meinte, in einer Erregung gegeben, die ihm eigen war und die lauter als er selbst sprach; seine bewegte Stimme hatte mich mehr gerührt als seine weisen Worte; und während er meine Kette fester anzuziehen wähnte, hatte er den rasenden Wunsch, sie zu zerreißen, nur noch lebhafter in mir geweckt.

Fast immer geht es so mit geschriebenen oder ausgesprochenen Ratschlägen. Erfahrung allein und das Urteil, das sich aus unsern eigenen Betrachtungen ergibt, können uns belehren. Ist Ihnen, der Sie sich damit befassen, die Zwecklosigkeit der schönen Wissenschaften klar? Wozu widmen Sie sich Ihnen? Wen bekehren Sie und von wem, bitte, werden Sie jemals verstanden? Fast immer verhilft Ihr dem Gegenteile dessen, was Ihr verteidigt, zum Siege. Sehn Sie doch nur, da ist einer, der aus der Clarissa das bestmögliche epische Gedicht auf die Frauentugend macht, ... was geschieht? Man behauptet das Gegenteil und begeistert sich für Lovelace, den sie doch mit ihrem jungfräulichen Glanze, den selbst Notzucht nicht befleckt hat, zermalmt; für Lovelace, der vergebens auf den Knien herumkriecht, um seines heiligen Opfers Gnade zu erflehen, und die Seele, die der Fall ihres Leibes nicht hat beschmutzen können, nicht zu rühren vermag. Bei Belehrung schlägt alles zum Übel aus. Ihr bringt nichts weiter fertig, als die Laster aufzurühren, welche stolz darauf, daß Ihr sie schildert, sich in Eurem Gemälde spiegeln und sich schön finden ... Aber Euch ist das wahrlich ganz gleich; mein harmloser und guter Admiral Collingwood jedoch hatte wirklich Freundschaft zu mir gefaßt und mein Betragen war ihm nicht gleichgültig. Auch fand er anfangs viel Vergnügen daran, als er sah, daß ich mich ernsten und anhaltenden Studien befleißigte. In meiner üblichen Zurückhaltung und Schweigsamkeit fand er auch etwas, das mit dem englischen Ernste in Einklang stand, und er gewöhnte sich daran, sich mir bei manchen Gelegenheiten zu eröffnen und mir Dinge anzuvertrauen, welche nicht ohne Bedeutung waren. Nach einiger Zeit betrachtete man mich als seinen Sekretär und Verwandten und ich sprach gut genug englisch, um nicht mehr allzu fremd zu erscheinen.

Dennoch führte ich ein grausames Leben und fand die melancholischen Tage auf dem Meere recht lang. Ganze Jahre über hörten wir nicht auf, um Frankreich herumzustreichen und immerdar sah ich am Horizonte die Küste des Landes sich abzeichnen, das Grotius »das schönste Königreich nach dem Himmel« nannte; dann kehrten wir wieder in die See zurück und ganze Monde über gab es nichts weiter um mich her als Nebel und Wasserberge. Wenn ein Schiff nah oder fern an uns vorüber kam, war es ein englisches; keinem andern war es erlaubt sich dem Winde preiszugeben und der Ozean hörte kein Wort, das nicht englisch war. Die Engländer selber waren traurig darüber und beklagten sich, daß der Ozean augenblicklich eine Wüste, wo sie sich ewig träfen, und Europa eine Festung geworden, die ihnen verschlossen sei...

Manchmal näherte sich mein hölzernes Gefängnis so sehr dem Festlande, daß ich Männer und Kinder unterscheiden konnte, die am Gestade entlang schritten. Dann schlug mir das Herz wild und eine innere Wut verzehrte mich mit solchem Ungestüm, daß ich mich im tiefsten Schiffsräume verbergen mußte, um nicht dem Verlangen zu unterliegen, davon zu schwimmen. Wenn ich aber zu dem unermüdlichen Collingwood zurückkehrte, schämte ich mich meiner kindlichen Schwäche und mußte immer wieder bewundern, wie er einen so tätigen Mut mit solch tiefer Traurigkeit in sich vereinte. Dieser Mann, der seit vierzig Jahren nur den Krieg und das Meer kannte, hörte niemals auf, sich ihrem Studium wie einer unerschöpflichen Wissenschaft zu widmen. Wenn ein Schiff unbrauchbar war, bestieg er wie ein unbarmherziger Reiter ein anderes; er benutzte sie und tötete sie unter sich. Mit mir fuhr er ihrer sieben zu Schanden. In voller Kleidung verbrachte er die Nächte auf seinen Kanonen sitzend und probierte unermüdlich aus, sein Fahrzeug in Wind und Sturm unbeweglich als Schildwache auf derselben Meeresstelle halten zu lassen, ohne vor Anker zu gehen; unermüdlich ließ er seine Besatzungen üben und wachte über sie und für sie. Dieser Mann hatte sich nie seines Reichtums erfreut und als man ihn zum Pair von England ernannte, liebte er seinen zinnernen Suppennapf wie ein Matrose. Wenn er dann wieder in seine Kabine gegangen war, wurde er wieder Familienvater und schrieb an seine Töchter, sie sollten doch ja keine feinen Damen werden und keine Romane, sondern Geschichte, Reisebeschreibungen, Abhandlungen und Shakespeare, soviel es ihnen beliebe (as often they please), lesen.

Nach der Schlacht bei Trafalgar, die ich ihn zu meinem Schmerz gewinnen sah und deren Plan er mit seinem Freunde Nelson, dessen Nachfolger er wurde, ausgearbeitet hatte, schrieb er:

»Wir haben an dem Geburtstage meiner kleinen Sarah gekämpft« ...

Manchmal fühlte er seine Gesundheit schwächer werden und bat England um Gnade; das unerbittliche antwortete ihm: »Bleib auf dem Meere!« und schickte ihm einen Titel oder für jede schöne Tat eine goldene Medaille, von denen seine Brust übervoll war. Er schrieb abermals:

»Seit ich meine Heimat verlassen, habe ich keine zehn Tage in einem Hafen zugebracht, meine Augen werden schwach; wenn ich meine Kinder sehen darf, hat das Meer mich sicherlich blind gemacht. Ich beklage es, daß man unter so vielen Offizieren so schwer einen Ersatzmann finden kann, der mir an Geschicklichkeit überlegen ist.«

England antwortete: »Ihr werdet auf dem Meere, immer auf dem Meere bleiben!«

Und bis zu seinem Tode blieb er darauf.

Solch ein Römerleben machte Eindruck auf mich und rührte mich, nachdem ich es nur einen einzigen Tag betrachtet hatte. Und ich begann mich sehr zu verachten, mich, der ich als Bürger nichts, als Vater nichts, weder als Sohn, noch als Bruder, noch als Privatmann, noch als Beamter etwas vorstellte und mich beklagte, während er sich nicht beklagte, Wider seinen Willen hatte er sich einmal nur zu erkennen gegeben und ich, ein unnützer Junge, ich, eine Ameise unter Ameisen, die der Sultan von Frankreich mit Füßen trat, machte mir meinen heimlichen Wunsch zum Vorwurf, zurückzukehren, um mich dem Zufalle seiner Launen zu überlassen und wieder ein Körnchen in jenem Staube zu werden, den er in Blut knetete ...

Der Anblick dieses wirklichen Bürgers, der nicht, wie ich es gewesen, einem Manne, sondern dem Vaterlande und der Pflicht ergeben war, ward ein glückliches Begebnis für mich, denn ich lernte in dieser strengen Schule, was wahrhafte Größe ist, die wir fortan im Waffenhandwerk suchen müssen; wie sehr sie, wenn sie so verstanden wird, unseren Beruf über alle anderen erhebt und, wie des Krieges und der Heere Zukunft auch aussehen wird, das Andenken einiger von uns als der Bewunderung würdig hinzustellen vermag.

Niemals besaß ein Mann solch inneren Frieden, welcher sich aus dem Gefühle der geheiligten Pflicht ergibt, und in höherem Grade die bescheidene Sorglosigkeit eines Soldaten, dem es wenig ausmacht, ob sein Name berühmt wird, wenn nur das Gemeinwesen gedeiht. Eines Tages sah ich ihn schreiben:

»Meines Vaterlandes Unabhängigkeit zu bewahren, ist mein vornehmster Lebenswille und lieber sehe ich meinen Leib dem Schutzwalle des Vaterlandes hinzugefügt, als daß er in zwecklosem Pompe durch eine träge Menge geschleppt wird ... Mein Leben und meine Kräfte schulde ich England... Redet mir nicht von meiner letzten Wunde, man möchte glauben, ich prahlte mit meinen Gefahren!«

Seine Traurigkeit war tief aber voller Größe; sie hinderte ihn nicht an ständiger Tätigkeit und bildete für mich den Maßstab dessen, was ein verständiger Kriegsmann sein muß, indem er nicht ehrgeizig, sondern als Künstler die »Kriegskunst« ausübte und sie zudem von hoher Warte beurteilte und manchmal wie jener Montecuculi verachtete, der, als Turenne getötet worden war, sich zurückzog und mit einem gewöhnlichen Spieler sich auf keine Partie mehr einlassen wollte. Doch war ich noch zu jung, um alle Verdienste dieses Charakters zu verstehen, und heiß ward ich von dem Ehrgeize ergriffen, in meinem Vaterlande einen seinem ähnlichen Rang zu erstreben. Als ich die Könige des Südens ihn um seinen Schutz bitten und Napoleon selber in der Hoffnung sich erhitzen sah, Collingwood befinde sich im indischen Meere, ging ich soweit, mit allen meinen Flehenswünschen die Gelegenheit zur Flucht herbeizusehnen, und trieb den Eifer meines stets genährten Ehrgeizes so weit, daß ich beinahe mein Ehrenwort brach. Ja, soweit kam es mit mir. Eines Tages ging das Schiff »der Ozean«, welches uns trug, in Gibraltar vor Anker. Ich fuhr mit dem Admiral an Land, und als ich allein in der Stadt lustwandelte, begegnete ich einem Offiziere des siebenten Husarenregiments, der im spanischen Feldzuge gefangen genommen und mit vier seiner Kameraden nach Gibraltar gebracht worden war. Sie hatten die Stadt als Gefängnis, wurden aber streng bewacht. Den Offizier hatte ich in Frankreich gekannt. Mit Freuden trafen wir uns in beinahe der nämlichen Lage wieder. Es war solange her, daß ein Franzose französisch mit mir geredet hatte, daß ich ihn beredt fand, wiewohl er durchaus einfältig war; nach Verlauf von einer Viertelstunde eröffneten wir uns gegenseitig unsere Lage. Er sagte mir sofort freimütig, daß er sich mit seinen Kameraden retten wolle, sie hätten eine ausgezeichnete Gelegenheit gefunden, und er ließe es sich nicht zweimal sagen, daß er ihnen folgen solle. Er forderte mich dringend auf, ein Gleiches zu tun. Ich antwortete ihm, er sei recht glücklich daran, weil er bewacht würde, ich aber wäre es nicht; ohne mich zu entehren, könnte ich mich nicht retten und er, seine Kameraden und ich, wir wären nicht im gleichen Falle. Das kam ihm allzu spitzfindig vor.

Ich bin meiner Treu kein Kasuistiker,« sagte er, »und wenn Du willst, werd' ich Dir einen Bischof schicken, der Dir seine Meinung darüber äußern soll. An Deiner Stelle aber würd' ich durchgehn. Ich sehe nur zweierlei: frei und unfrei sein. Weißt Du auch, daß Du in Deiner Beförderung um die mehr als fünf Jahre, die Du in jenem englischen Schiff hinschleppst, zurückgeblieben bist? Die zu Deiner Zeit Leutnants waren, sind jetzt schon Oberste geworden.«

Darüber kamen seine Gefährten und führten mich in ein ziemlich übel aussehendes Haus, wo sie Xereswein tranken, und dort zählten sie mir so viele Hauptleute, die Generäle, und so viele Unterleutnants, die Vizekönige geworden waren, auf, daß sich mir der Kopf drehte und ich ihnen versprach, mich am übernächsten Tage um Mitternacht am nämlichen Orte einzufinden. Ein kleines Boot sollte uns dort aufnehmen, das man von ehrsamen Schmugglern gemietet hatte, und dann an Bord eines französischen Schiffes bringen, das auftragsgemäß Verwundete unseres Heeres nach Toulon bringen mußte. Der Plan schien mir wunderbar, und nachdem meine Kameraden mich, um meines Gewissens Murren zu beschwichtigen, viele Becher hatten leeren lassen, schlossen sie ihre Reden mit einem siegreichen Beweisgrunde, indem sie bei ihrem Haupte schworen, streng genommen könne man einem anständigen Manne gegenüber, der einen gut behandelt habe, einige Rücksicht nehmen; alles aber bestätige ihnen die Gewißheit, daß ein Engländer kein Mensch sei.

Recht nachdenklich kehrte ich an Bord des »Ozean« zurück, und als ich geschlafen und nach dem Erwachen meine Lage klar überblickte, fragte ich mich, ob meine Landsleute sich nicht lustig über mich gemacht hätten. Doch trieben mich das Freiheitsverlangen und ein seit meiner Kindheit stets brennender und aufgestachelter Ehrgeiz trotz der Scham, die ich spürte, meinem Schwur untreu zu werden, zur Flucht. Ich verbrachte einen ganzen Tag bei dem Admirale, wagte es nicht, ihm ins Gesicht zu schauen und bemühte mich, ihn klein zu finden. Ganz laut und anmaßend sprach ich bei Tische von Napoleons Größe, begeisterte mich, rühmte sein Universalgenie, welches, Gesetzbücher schreibend, die Gesetze und Taten vollendend, die Zukunft enthülle. Unverfroren hob ich nachdrücklichst die Überlegenheit dieses Genies angesichts dem mäßigen Talente der Männer der Taktik und des Manövers hervor. Ich hoffte auf Widerspruch, stieß aber wider Erwarten bei den englischen Offizieren auf noch mehr Bewunderung für den Kaiser, als ich für ihren unerbittlichen Feind aufbringen konnte. Lord Collingwood unterbrach sein trauriges Schweigen und seine ständigen Erwägungen und lobte ihn vor allem mit so gerechten, so kraftvollen, so bestimmten Worten, indem er seinen Offizieren die Größe der Vorhersehungen des Kaisers, die zauberhafte Raschheit seiner Ausführungen, die Festigkeit seiner Befehle, die Sicherheit seines Urteils, seinen Scharfblick bei Unterhandlungen, die Richtigkeit seiner Gedanken im Rate, seine Schlachtengröße, seine Ruhe bei Gefahren, seine Beharrlichkeit beim Vorbereiten von Unternehmungen, seinen Stolz in der Frankreich gegebenen Haltung, kurz all die Eigenschaften zugleich zur Betrachtung anempfahl, welche den großen Mann ausmachen. Ich fragte mich, was die Geschichte solchem Lobe je hinzuzufügen vermochte, und war zu Boden geschmettert, weil ich mich wider den Admiral in der Hoffnung, ihn ungerechte Anklagen erheben zu hören, aufzubringen gesucht. In meiner Erbärmlichkeit hatt' ich ihn ins Unrecht setzen wollen, damit mir ein unbedachtes oder beleidigendes Wort von seiner Seite als Rechtfertigung für die Treulosigkeit dienen könnte, auf welche ich sann. Er schien aber im Gegenteil seine Güte angelegentlichst zu verdoppeln, und da seine Freundlichkeit die anderen vermuten ließ, daß ich irgendwelchen neuen Kummer hege, über den man mich billigerweise trösten müsse, waren alle mir gegenüber aufmerksamer und nachsichtiger denn je zuvor. Darüber ärgerte ich mich und verließ den Tisch.

Zu meinem Unglück führte der Admiral mich anderen Morgens abermals nach Gibraltar. Wir mußten dort acht Tage zubringen... Der Fluchtabend kam... Mein Kopf rauchte und ich überlegte in einemfort. Ich überließ mich Scheingründen und bot alles auf, um mir ihre Falschheit aus dem Kopfe zu bringen. Ein heftiger Kampf tobte in mir. Doch während meine Seele sich wand und sich um sich selber bewegte, verfolgte mein Leib, wie wenn er zwischen Ehrgeiz und Ehre zu entscheiden gehabt hätte, für sich allein den Weg zur Flucht. Ohne es gewahr zu werden, hatte ich meine Sachen zusammengepackt und wollte mich von dem Hause aus, wo wir in Gibraltar weilten, nach dem Treffpunkt begeben, als ich plötzlich stehen blieb und fühlte, daß es unmöglich war.

In allen schimpflichen Handlungen ist Gift verborgen, das sich von eines herzhaften Mannes Lippen spüren läßt, sobald er des verderblichen Bechers Rand berührt. Ohne zum Sterben bereit zu sein, kann er nicht einmal davon kosten.

Als ich sah, was ich tun wollte, daß ich mein Wort brechen wollte, überkam mich solcher Schrecken, daß ich wahnsinnig zu sein wähnte. Ich lief an den Strand und floh das verhängnisvolle Haus wie ein

Pestspital, wagte nicht einmal, mich nach ihm umzusehen... Ich stürzte mich in die See und erreichte schwimmend in der Nacht mein auf den Fluten schaukelndes Gefängnis, den »Ozean«. Mich an seine Ankertaue klammernd, kletterte ich hastig an ihm hoch. Als ich auf dem Deck angelangt war, packte ich den Hauptmast, hielt mich leidenschaftlich an ihm fest, wie an einem Asyl, das mich vor der Entehrung bewahrte, und im nämlichen Augenblicke sank ich, da das Gefühl von meines Opfers Größe mir das Herz zerriß, in die Knie und brach, meine Stirn an die Eisenringe des Hauptmastes lehnend, wie ein Kind in Tränen aus.

Als der Kapitän des »Ozean« mich in solchem Zustande sah, hielt er mich für krank oder gab sich jedenfalls den Anschein es zu glauben, und ließ mich in meine Kabine tragen. Laut jammernd bat ich ihn, eine Wache vor meine Türe zu stellen, um mich am Hinausgehn zu hindern. Man schloß mich ein und ich atmete auf bei dem Gedanken, endlich der Höllenqual, den eigenen Kerkermeister spielen zu müssen, ledig zu sein. Am folgenden Morgen bei Tageslicht sah ich mich auf offener See und erfreute mich etwas größerer Ruhe, als ich das Land, das in meiner Lage Gegenstand jeglicher unglücklicher Versuchung war, aus den Augen verlor. Mit größerer Ergebung dachte ich daran, als sich meine kleine Tür auftat und der gute Admiral allein eintrat.

»Ich komme, um Ihnen Lebewohl zu sagen,« fing er mit minder ernster Miene als gewöhnlich an, »morgen früh reisen Sie nach Frankreich.«

»O, mein Gott! Zeigen Sie mir das an, um mich auf die Probe zu stellen, Mylord?«

»Das wäre ein gar grausames Spiel, mein Kind,« fuhr er fort; »ohnehin hab' ich Ihnen gegenüber ein recht großes Unrecht begangen. Ich hätte Sie gefangen auf dem Festlande in Northumberland zurücklassen und Ihnen Ihr Ehrenwort wiedergeben sollen. Ohne Gewissensbisse hätten Sie sich gegen Ihre Wächter verschwören und skrupellos List anwenden können, um zu entweichen. Da Sie mehr Freiheit hatten, haben Sie mehr gelitten; doch, gestern widerstanden Sie Gottseidank einer Gelegenheit, die Sie entehrt hätte... Das wäre ein Scheitern im Hafen gewesen, denn seit vierzehn Tagen unterhandle ich Ihres Austausches wegen, den Admiral Rosily eben abschloß... Gestern hab' ich für Sie gezittert, denn ich kannte Ihrer Kameraden Plan. In der Sorge, man würde auch Sie ergreifen, wenn man jene gefangen nähme, habe ich sie um Ihretwillen entwischen lassen. Und was hätten wir tun sollen, um das zu verheimlichen? Sie wären verloren gewesen, mein Kind, und glauben Sie mir, Napoleons alte Haudegen hätten Sie übel empfangen... Die haben alles Recht, in Ehrensachen schwierig zu sein.«

So verwirrt war ich, daß ich nicht wußte, wie ich ihm danken sollte; er sah meine Verlegenheit, schnitt eilends die schlechten Redensarten ab, womit ich meine Reue herzustottern suchte, und sagte:

»Nun, nun, nur das nicht, was wir French compliments nennen! Wir sind zufrieden mit einander, das genügt. Bei Ihnen hat man, glaub' ich, ein Sprichwort, das heißt: »Ein schönes Gefängnis gibt es nicht!«... Lassen Sie mich in meinem sterben, mein Freund; ich hab' mich daran gewöhnt, es hat wohl so sein müssen. Doch wird es nicht mehr sehr lange währen; ich fühle, wie meine Beine unter mir zittern und kraftlos werden. Zum vierten Male hab' ich Lord Mulgrave um Ruhe gebeten und abermals hat er sie mir verweigert; schrieb mir, er wüßte nicht, wie er mich ersetzen solle. Wenn ich tot bin, wird er doch wohl jemanden finden müssen, und er täte so übel nicht, wenn er seine Vorsichtsmaßregeln träfe ...

Ich werde als Schildwache im Mittelmeer bleiben; Sie aber, my child, sollen keine Zeit verlieren. Eine Sloop ist da, die Sie fahren soll. Nur eines möchte ich Ihnen ans Herz legen: widmen Sie sich lieber einem Prinzip als einem Menschen. Die Liebe zu Ihrem Vaterlande ist eins, groß genug, um ein ganzes Herz auszufüllen und einen ganzen Verstand zu beschäftigen.«

»Ach, Mylord,« sagte ich, »es gibt Zeiten, wo man nicht recht weiß, was das Vaterland will. Ich werde meins danach fragen.«

Wir sagten uns noch einmal Lebewohl und gepreßten Herzens verließ ich den würdigen Mann, dessen Tod ich kurze Zeit später erfuhr... Er starb auf hoher See, wie er neunundvierzig Jahre gelebt hatte: ohne zu klagen, ohne sich zu rühmen und ohne seine beiden Töchter wiedergesehn zu haben, einsam und düster als eine jener alten Doggen Ossians, die Englands Küsten in Fluten und Nebeln ewig bewachen.

In seiner Schule hatte ich alles gelernt, was Kriegsexile einem an Leiden auferlegen können, und alles, womit Pflichtgefühl große Seelen zu bändigen vermag; tief durchdrungen von diesem Beispiele und durch meine und den Anblick seiner Leiden ernster gestimmt, stellte ich mich mit der Erfahrung meines Gefängnisses bei dem allmächtigen Herrn ein, den ich verlassen hatte.

6. Empfang

Als der Hauptmann sich hier unterbrach, schaute ich nach der Zeit. Zwei Uhr nach Mitternacht war's. Er stand auf und wir gingen zu den Grenadieren. Tiefes Schweigen herrschte überall. Viele hatten sich auf ihre Tornister gesetzt und waren eingeschlafen. Wir setzten uns einige Schritte seitab auf die Brustwehr und er fuhr mit seiner Erzählung fort, nachdem er sich an der Pfeife eines Soldaten seine Zigarre angesteckt hatte. Nicht ein Haus war da, das ein Lebenszeichen von sich gab.

»Sowie ich in Paris angelangt war, wollte ich den Kaiser sehn. Gelegenheit dazu hatte ich im Hoftheater, wohin mich einer meiner früheren Kameraden, der Oberst geworden war, führte. Es war da unten in den Tuilerien. In eine kleine Loge setzten wir uns, der Kaiserloge gegenüber, und warteten. Nur erst die Könige waren im Saal. Jeder von ihnen saß in einer Loge des ersten Ranges und hatte seinen Hof um sich und vor sich auf den Galerien seine Adjutanten und vertrauten Generäle. Die Könige von Westfalen, von Sachsen und Württemberg, alle Fürsten des Rheinbundes waren im gleichen Range untergebracht. Bei ihnen stand, laut und lebhaft sprechend, Murat, König von Neapel, schüttelte seine schwarzen wie eine Mähne gelockten Haare und warf Löwenblicke um sich. Weiter oben der König von Spanien, und allein abseits der russische Gesandte, Fürst Kurakim, mit Diamanten beladenen Achselstücken. Im Parterre die Menge der Generäle, Herzöge, Prinzen, Obersten und Senatoren. Oben überall die bloßen Arme und nackten Schultern der Damen des Hofes. Die Loge, über welcher der Adler prangte, war noch leer; unaufhörlich schauten wir hin. Nach kurzer Zeit erhoben sich die Könige und blieben aufrecht stehn. Schnellen Schrittes betrat der Kaiser allein seine Loge, warf sich schnell in einen Sessel und blinzelte vor sich hin; dann erinnerte er sich, daß der ganze Saal aufrecht stand und eines Blickes harrte, jäh und übelgelaunt schüttelte er zweimal den Kopf, drehte sich schnell um und ließ Königinnen und Könige sich setzen.

Seine rotgekleideten Kammerherren standen aufrecht hinter ihm. Er sprach mit ihnen, ohne sie anzusehen, und von Zeit zu Zeit streckte er die Hand aus, um eine goldene Dose in Empfang zu nehmen, die ihm einer von ihnen gab und wieder zurücknahm. Mit einer Engelsstimme, die von einem hektischen und gefurchten Gesichte ausging, sang Crescentini »die Horatier«. Das Orchester spielte auf des Kaisers Befehl zart und leise; vielleicht wollte er wie die Lacedämonier von der Musik lieber beruhigt als angeregt werden. Er blinzelte vor sich hin und sehr häufig nach meiner Seite. Ich erkannte seine großen graugrünen Augen wieder, doch das gelbliche Fett, worin seine strengen Züge ertrunken waren, gefiel mir nicht. Seiner Gewohnheit gemäß legte er, um besser sehn zu können, seine linke Hand über das linke Auge; ich fühlte, daß er mich wiedererkannt hatte. Er drehte sich jäh um, sah nur auf die Bühne und ging bald fort. Ich stand bereits auf seinem Wege. Er ging schnell durch den Korridor und seine fetten, in weißseidene Strümpfe gepreßten Beine, sein aufgeschwemmter Leib unter seinem grünen Oberrock machten ihn mir fast unkenntlich. Kurz blieb er vor mir stehen und sagte, statt das Wort direkt an mich zu richten, zu dem mich vorstellenden Obersten:

»Warum hab' ich ihn nirgendwo gesehn? Noch Leutnant?«

»Er war seit Achtzehnhundertvier Gefangener.«

»Warum ist er nicht entflohen?«

»Ich hatte mein Ehrenwort gegeben«, erklärte ich halblaut.

»Ich mag keine Gefangenen,« sagte er, »man läßt sich töten.«

Er kehrte mir den Rücken. Wir bildeten unbeweglich Spalier; als sein ganzes Gefolge an uns vorbeigezogen war, sagte der Oberst zu mir:

»Da siehst Du nun, mein Lieber, daß Du ein Einfaltspinsel warst, bist um Deine Beförderung gekommen und man weiß Dir nicht mal Dank dafür.«

7. Der russische Wachtposten

»Ist's möglich?« sagte ich mit dem Fuße aufstampfend. »Wenn ich solche Sachen erzählt bekomme, gratuliere ich mir, daß der Offizier in mir seit mehreren Jahren tot ist. Bleibt nur mehr der einsame und unabhängige Schriftsteller, der zusieht, was aus seiner Freiheit werden soll, und der sie vor seinen alten Freunden nicht verteidigen will.«

Und ich meinte bei der Erinnerung dessen, was er mir erzählte, an Hauptmann Renaud Spuren des Unwillens entdecken zu müssen; er aber lächelte sanft und mit zufriedener Miene.

»Das war ganz harmlos«, fuhr er fort. »Der Oberst war der bravste Mann der Welt; doch gibts Leute, die, wie das berühmte Wort sagt, sich schlechter und härter machen als sie sind. Er wollte mich malträtieren, weil der Kaiser das Beispiel gegeben hatte. Eine plumpe Wachtstubenschmeichelei...

Welch ein Glück war aber das für mich!... Von dem Tage an begann ich mich innerlich zu schätzen, Vertrauen zu mir zu hegen und zu fühlen, wie mein Charakter sich läuterte, bildete, vervollkommnete und befestigte. Von dem Tage an sah ich klar, daß Ereignisse nichts sind, daß unser innere Mensch alles ist; ich stellte mich durchaus über meine Richter. Endlich fühlte ich mein Gewissen und entschloß mich, einzig und allein mich auf mein Gewissen zu verlassen und allgemeines Urteil, glänzende Belohnungen, jähe Glücksfälle und den Tagesberichtsruhm für lächerliche Prahlereien und ein Zufallspiel zu halten, mit dem sich zu beschäftigen nicht der Mühe lohne.

Rasch zog ich in den Krieg, um in den unbekannten Reihen der Linieninfanterie, der Schlachteninfanterie unterzutauchen, in der die Bauern des Heeres, die einander so gleich, so ähnlich sind wie die Gräser einer fetten Wiese der Beauce, sich zu Tausenden auf einmal niedermähen ließen...

Dort verbarg ich mich wie ein Karthäuser in seinem Kloster; inmitten dieser bewaffneten Menge marschierte ich zu Fuß wie die Soldaten, trug einen Tornister, aß ihr Brot und machte die großen Kriege des Kaiserreichs mit, solange das Kaiserreich oben war.

Ach, wenn Sie wüßten, wie zufrieden ich mich bei solch unerhörten Strapazen fühlte! Wie ich die Verborgenheit liebte und welch wilde Freuden mir die großen Schlachten bereiteten! Des Krieges Schönheit erlebt man nur mitten unter Soldaten, im Lagerleben, im Dreck der Märsche und der Feldwache. Ich rächte mich an Bonaparte, indem ich dem Vaterlande diente, ohne mich irgendwie um Napoleon zu kümmern; und wenn er an meinem Regimente vorbeikam, verbarg ich mich aus Furcht vor einer Gunst. Erfahrung hatte mich Rang und Macht bei ihrem richtigen Werte einschätzen lassen; ich wollte weiter nichts, als mir bei jeder unserer Waffentaten so viel Stolz anmaßen, wie mir nach meinem eigenen Gefühle zukam. Ich wollte da Bürger sein, wo es noch erlaubt war, einer zu sein, und zwar auf meine eigene Weise. Bald wurden meine Taten nicht bemerkt, bald über ihr Verdienst erhoben; ich aber suchte sie mit aller meiner Macht immer im Dunkeln zu halten, da ich vor allem fürchtete, daß mein Name zuviel genannt werden könnte. Die Menge derer, die einen entgegengesetzten Weg verfolgten, war so groß, daß ich mich leicht verbergen konnte. Als ich Achtzehnhundertvierzehn die Wunde an der Stirn, die Sie da sehn und die mir heute abend mehr Schmerzen bereitet als gewöhnlich, erhielt, war ich immer noch Leutnant der kaiserlichen Garde«.

Hier strich Hauptmann Renaud mehrere Male mit der Hand über seine Stirn; und da er anscheinend schweigen wollte, drängte ich ihn so inständig, fortzufahren, daß er schließlich nachgab.

Er stützte sein Haupt auf den Knopf seines Spazierstocks.

»Es ist sonderbar,« sagte er, »all das hab' ich niemals erzählt, und heute abend macht es mir Spaß.

Bah, was macht's, einem alten Kameraden gegenüber laß ich mich gern gehn. Für Sie wird's ein Gegenstand ernsthafter Betrachtungen sein, wenn Sie nichts Besseres zu tun haben. Dessen sind die Dinge da, scheints, nicht unwert. Sie werden mich nun für recht schwach oder recht närrisch halten; doch das ist einerlei. Bis zu dem für andere ganz gewöhnlichen Ereignisse, das ich Ihnen erzählen will und vor dessen Bericht ich wider Willen zurückschrecke, war meine Liebe zum Waffenruhm weise, ernst, hingebend und vollkommen rein geworden, wie es das einfache und einzige Pflichtgefühl ist;

von dem Tage aber an stiegen andere Gedanken in mir auf und verdunkelten abermals mein Leben.

Es war im Jahre Achtzehnhundertvierzehn, es war zu Anfang des Jahres und am Ende jenes düsteren Krieges, wo unser armes Heer das Kaiserreich und den Kaiser verteidigte und wo Frankreich dem Kampf entmutigt zuschaute. Soissons hatte sich gerade dem Preußen Bülow ergeben. Die schlesische und die Nordarmee hatten sich dort vereinigt. Macdonald hatte Troyes verlassen und das Tal der Yonne preisgegeben, um mit dreißigtausend Mann seine Verteidigungslinie von Nogent bis Montereau aufzustellen.

Wir sollten Reims angreifen, das der Kaiser wieder haben wollte. Es war trübes Wetter und regnete fortgesetzt. Am Vorabend hatten wir einen höheren Offizier verloren, der die Gefangenen führte. Die Russen hatten ihn in der vorhergehenden Nacht überrascht, getötet und ihre Kameraden befreit. Unser Oberst, der, wie man zu sagen pflegt, ein mit allen Wassern gewaschener Kerl war, wollte sich Genugtuung verschaffen. Wir waren bei Epernay und umgingen die benachbarten Höhen. Der Abend kam, und nachdem wir den ganzen Tag unserer Erholung gewidmet, rückten wir an ein hübsches weißes Schloß mit Türmchen, namens Boursault, heran, als der Oberst mich rief.

Er führte mich beiseite, während man die Gewehre zusammensetzte, und sagte mit seiner alten knarrenden Stimme zu mir:

»Sie sehen doch da oben eine Scheune auf jenem steilabfallenden Hügel, da, wo jener große Flegel von einem russischen Posten mit seiner Bischofsmütze auf und ab geht?«

»Jawohl, jawohl,« sagte ich, »ich sehe Grenadier und Scheune genau.«

»Nun, Sie, der Sie ein alter Soldat sind, müssen wissen, daß das der Punkt ist, den die Russen vorgestern nahmen und der dem Kaiser jetzt am meisten zu schaffen macht. Er sagte mir, es sei der Schlüssel von Reims, und das kann wohl stimmen. Auf jeden Fall wollen wir Woronzoff einen Streich spielen. Um elf Uhr abends nehmen Sie zweihundert von Ihren Kerls und überrumpeln die Wache, die sie in die Scheune gelegt haben. Um aber ja keinen Lärm zu machen, sollen sie nur die Bajonette gebrauchen.«

Er nahm und bot mir eine Tabakprise an, und indem er den Rest, wie ich es da tue, nach und nach fallen ließ, sagte er zu mir, zu jedem in den Wind gestreuten Körnchen ein Wort sprechend: »Sie können sich wohl denken, daß ich mit meiner Kolonne hinter Ihnen sein will... Sie werden kaum sechzig Mann verlieren, werden die dort aufgestellten sechs Geschütze nehmen... Sie werden sie dann auf Reims richten... Um elf Uhr... elfeinhalb Uhr gehört die Stellung uns... Und dann wollen wir bis drei Uhr schlafen, um uns ein bißchen von dem kleinen Gefecht von Craonne auszuruhen, das, wie man so sagt, nicht von Pappe war.«

»Gut«, erklärte ich ihm und ging fort, um mit meinem Unterleutnant die Abendunternehmung in etwas vorzubereiten. Die Hauptsache war, wie Sie sehen, es durfte kein Lärm gemacht werden. Ich besichtigte die Waffen und ließ aus allen denen, die geladen waren, die Patronen mit dem Krätzer herausnehmen. Dann ging ich, der Stunde harrend, mit meinen Sergeanten ein bißchen spazieren. Um zehneinhalb Uhr ließ ich sie den Mantel über die Uniform ziehen und das Gewehr unter den Mantel verbergen, denn, wie man's auch anstellt, das Bajonett sieht man, wie Sie heut abend ja sehen, immer, und obwohl es noch viel dunkler war als jetzt, traute ich der Sache doch nicht. Ich hatte mir die kleinen, von Hecken eingefaßten Pfade gemerkt, die zu dem russischen Wachtposten führten, und die ließ ich die entschlossensten Kerls, die ich je befehligte, hinansteigen... Dort in den Reihen gibt's noch zwei, die dabei waren und sich dessen gut erinnern... Sie kannten die Russen und wußten, wie man sie fassen muß. Die Posten, auf die wir beim Hinaufsteigen stießen, verschwanden geräuschlos wie Schilf, das man mit der Hand zur Erde biegt. Der vor den Gewehren erforderte mehr Sorgfalt.

Er stand unbeweglich, Gewehr bei Fuß und das Kinn auf den Lauf gestützt; der arme Teufel schwankte hin und her wie ein Mensch, der vor Müdigkeit einschläft und umsinken will. Einer meiner Grenadiere nahm ihn in seine Arme, indem er ihn zum Ersticken drückte, und zwei andere warfen ihn, nachdem sie ihn geknebelt hatten, in die Büsche. Langsam kam ich heran und konnte mich eingestandenermaßen einer gewissen Bewegung, die ich im Augenblicke anderer Kämpfe nie verspürt hatte, nicht erwehren. Es war die Scham, schlafende Leute anzugreifen. Ich sah sie, von einer Blendlaterne beleuchtet, in ihre Mäntel gewickelt, und mein Herz schlug wild. Plötzlich aber, im Augenblicke des Handelns, fürchtete ich, es möchte eine Schwäche sein, wie sie Feiglinge verspüren; ich hatte Angst, einmal Furcht zu verspüren, und drang, meinen unter dem Arme versteckten Säbel hernehmend, meinen Grenadieren ein Beispiel gebend, ungestüm als der erste ein. Ich machte ihnen eine Handbewegung, die sie verstanden; sie warfen sich zuerst auf die Waffen, dann wie die Wölfe auf eine Herde auf die Menschen. O, es war eine blinde und gräßliche Schlachterei! Das Bajonett durchstach, der Flintenkolben zerschmetterte, das Knie erstickte und die Hand erdrosselte. Alle kaum ausgestoßenen Schreie wurden unter den Füßen unserer Soldaten erstickt und kein Kopf erhob sich, ohne den Todeshieb zu empfangen. Beim Eindringen hatt' ich auf gut Glück einen schrecklichen Hieb gradeaus, auf etwas Schwarzes geführt, und der Hieb war durch und durch gegangen. Ein alter Offizier, ein großer kräftiger Mann, den Kopf voller weißer Haare, erhob sich wie ein Gespenst, stieß, als er sah, was ich getan, einen schrecklichen Schrei aus, versetzte mir einen wilden Säbelhieb ins Gesicht und fiel sofort tot unter den Bajonetten nieder. Ich aber sank betäubt von dem Hiebe, der mich zwischen die Augen getroffen hatte, in sitzender Stellung neben ihn und hörte unter mir die ersterbende und zärtliche Stimme eines Kindes, das »Papa« rief.

Nun begriff ich meine Heldentat und schaute mit wahnsinniger Hast hin. Ich sah einen jener vierzehnjährigen Offiziere, die in den russischen Heeren, die uns zu jener Zeit überfielen, so häufig waren und die man in solch schreckliche Schule schleppte. Seine langen Ringellocken fielen so blond, so seidenweich wie die einer Frau auf seine Brust und sein Kopf hatte sich geneigt, wie wenn er nur ein zweites Mal eingeschlafen wäre. Seine Rosenlippen, die sich wie die eines Neugeborenen entfalteten, schienen noch feuchtfettig von der Ammenmilch und seine großen halboffenen blauen Augen waren von seltener weiblicher und liebreizender Formenschönheit. Ich richtete ihn in meinem Arme auf und seine Wange sank an meine blutige Wange, wie wenn er seinen Kopf zwischen seiner Mutter Kinn und Schulter bergen wollte, um sich zu wärmen. Er schien sich unter meine Brust zu kauern, um seinen Mördern zu entfliehen. Kindliche Zärtlichkeit, Vertrauen und Ruhe eines köstlichen Schlummers lagen auf seinem toten Antlitze und er schien zu sagen: Schlafen wir in Frieden.

»War das ein Feind?« schrie ich... Und was Gott an Vatergefühlen jedwedem Manne ins Herz gelegt, regte sich und zitterte in mir. Ich preßte ihn gegen meine Brust, als ich fühlte, daß ich mich auf den Knauf meines Säbels stützte, der sein Herz durchbohrte und den entschlummerten Engel getötet hatte. Ich wollte meinen Kopf an seinen Kopf legen, doch mein Blut bedeckte ihn mit breiten Flecken; ich fühlte meine Stirnwunde und erinnerte mich, daß sein Vater sie mir beigebracht hatte. Schamerfüllt blickte ich zur Seite und sah nur eine Anhäufung von Leichen, die meine Grenadiere bei den Beinen packten und hinauswarfen, wobei sie ihnen nur die Patronen abnahmen.

In diesem Augenblicke trat der Oberst in Gefolgschaft seiner Kolonne ein und ich hörte Schritte und Waffenklirren.

»Bravo, mein Lieber,« sagte er zu mir, »Sie haben das ja flink genommen. Doch sind Sie verwundet?«

»Sehen Sie hier,« sagte ich, »welcher Unterschied besteht zwischen einem Mörder und mir?«

»He, zum Kuckuck, mein Lieber, was wollen Sie, das gehört zum Handwerk.«

»Das stimmt«, antwortete ich und stand auf, um mein Kommando wieder zu übernehmen. Das Kind sank in die Falten seines Mantels zurück, in den ich es einhüllte, und seine kleine, mit schweren Ringen geschmückte Hand ließ ein Spazierstöckchen sinken, das auf meine Hand fiel, wie wenn er's mir geben wollte. Ich nahm es, fest entschlossen, welche Gefahren auch über mich kommen sollten, keine andere Waffe mehr zu gebrauchen, denn es gebrach mir an Mut, meinen mörderischen Säbel aus seiner Brust herauszuziehen.

Eilig verließ ich diese nach Blut riechende Höhle. Als ich mich wieder in freier Luft befand, hatt' ich die Kraft, meine rote und feuchte Stirn abzuwischen. Meine Grenadiere standen in ihren Reihen; jeder wischte kalten Blutes sein Bajonett im Grase ab und befestigte seinen Feuerstein wieder am Gewehre. Mein Feldwebel, von seinem Schreiber gefolgt, schritt vor den Reihen her, hielt seine Liste in der Hand und las sie beim Lichte eines Kerzenstummels herunter, den er wie auf einen Leuchter auf seinen Gewehrlauf gesteckt hatte; friedlich hielt er Appell ab. Ich lehnte mich an einen Baum, der Regimentschirurg kam und verband mir die Stirn. Ein reichlicher Märzregen fiel auf meinen Kopf und tat mir sehr wohl. Einen tiefen Seufzer konnte ich nicht unterdrücken:

»Ich bin des Krieges müde«, sagte ich zu dem Chirurgen.

»Und ich auch«, sagte eine ernste Stimme, die mir bekannt war. Ich schob den Verband von meinen Augenbrauen fort und sah nicht den Kaiser Napoleon sondern den Soldaten Bonaparte. Er war allein, traurig, zu Fuß, stand vor mir; seine Stiefel waren im Dreck versunken, seine Uniform zerrissen, von den Rändern seines Hutes rann der Regen... Er fühlte, daß seine letzten Tage gekommen waren, und sah seine letzten Soldaten um sich herum.

Aufmerksam betrachtete er mich...

»Hab' ich Dich schon irgendwo gesehen, alter Haudegen?« fragte er.

An dem letzten Worte merkte ich, daß er mir nur eine banale Phrase sagte; ich wußte, daß ich älter aussah, als ich war, und daß Ermüdungen, Schnurrbart und Wunden mich ziemlich unkenntlich machten.

»Ich habe Sie überall gesehen, ohne gesehen zu werden«, antwortete ich.

»Willst Du befördert werden?«

Ich sagte: »Es ist sehr spät.«

Einen Augenblick kreuzte er die Arme, ohne zu antworten; dann erwiderte er:

»Du hast recht, ja; in drei Tagen werden wir, Du und ich, den Dienst quittieren.«

Er kehrte mir den Rücken und stieg wieder auf sein Pferd; einige Schritte von dort hielt man es. In diesem Augenblicke hatte die Spitze unserer Kolonne angegriffen und man überschüttete uns mit Haubitzen. Eine fiel vor die Front meiner Kompagnie und in einer ersten Bewegung, deren sie sich hinterdrein schämten, sprangen einige Mann rückwärts. Bonaparte aber näherte sich allein der Haubitze, die vor seinem Pferde brannte und schwelte, und ließ es den Rauch einatmen. Alles schwieg und verharrte bewegungslos; die

Haubitze krepierte und traf niemanden. Die Grenadiere begriffen die fürchterliche Lektion, die er ihnen erteilte; ich aber sah etwas mehr dahinter stehn, etwas, das Verzweiflung ähnelte.

Frankreich ließ ihn im Stich und er hatte einen Augenblick an seinen alten Haudegen gezweifelt. Durch ein so gänzliches Aufgeben fühlte ich mich zu sehr gerächt und ihn zu schwer für seine Fehler bestraft. Mühsam erhob ich mich, näherte mich ihm und nahm und drückte seine Hand, die er mehreren von uns hinstreckte. Er erkannte mich nicht wieder; für mich aber war es eine stillschweigende Versöhnung mit dem dunkelsten und glänzendsten der Männer unseres Jahrhunderts.

Man trommelte zum Sturmangriff und, folgenden Tags am Morgen, wurde Reims wieder von uns genommen. Doch einige Tage später ward es Paris von den anderen.« Hauptmann Renaud schwieg lange Zeit über nach dieser Erzählung und verharrte mit gesenktem Kopf; ich wollte ihn in seiner Träumerei nicht stören. Ehrfürchtig betrachtete ich den wackeren Mann. Während er sprach, hatte ich aufmerksamen Ohres die langsamen Wandlungen dieser guten und einfachen Seele verfolgt, die, wenn sie sich ganz hingeben wollte, stets zurückgestoßen, durch einen unbesiegbaren Willen stets zermalmt worden war, schließlich aber in der bescheidensten und strengsten Pflichterfüllung Ruhe gefunden hatte...

Sein unbekanntes Leben kam mir vor wie ein innerliches Schauspiel, das ebenso schön war wie das glänzende Leben irgendwelches Tatenmenschen ... Jede Meereswoge fügt den Schönheiten einer Perle einen weißlichen Schleier hinzu, still müht sich jedwede Welle sie noch vollkommener zu machen, jede Schaumflocke, die sich auf ihr wiegt, läßt einen halb goldenen, halb durchschimmernden geheimnisvollen Glanz auf ihr zurück, von dem man nur einen aus ihrem Innern hervorbrechenden Strahl erraten kann; genau so hatte sich dieser Charakter in den großen Umwälzungen und in der Tiefe der finstersten und ständigen Prüfungen geformt. Ich wußte, daß er es bis zu des Kaisers Tode für seine Pflicht gehalten hatte, nicht zu dienen, indem er trotz aller inständigen Bitten seiner Freunde das respektierte, was er Schicklichkeit nannte. Und als er später frei vom Bande seines alten Versprechens war, welches er einem Herrn geleistet hatte, der ihn nicht mehr kannte, kehrte er zurück, um in der königlichen Garde die Überbleibsel seiner alten Garde zu befehligen, und da er nie von sich selber sprach, hatte man nicht Obacht auf ihn gehabt und ihn auch nicht befördert...

Daraus machte er sich wenig und pflegte zu sagen, wenn man nicht mit fünfundzwanzig Jahren, einem Alter, in dem man Gebrauch von seiner Einbildungskraft zu machen vermöchte, General sein könne, sei es besser, simpler Hauptmann zu bleiben und mit seinen Soldaten wie ein Familienvater, wie ein Klosterprior zu leben.

»Sehn Sie da,« sagte er zu mir nach dieser momentanen Ruhe, »unsern alten Grenadier Poirier mit seinen finsteren und schielenden Augen, seinem kahlen Schädel und seinen Säbelhieben auf der Backe an, vor dem Frankreichs Marschälle bewundernd stehen bleiben, wenn er vor des Königs Tür das Gewehr vor ihnen präsentiert; sehen Sie Beccaria mit seinem römischen Veteranenprofil, Frechon mit seinem weißen Schnauzbarte an, sehen Sie das ganze erste dekorierte Glied an, das drei Winkeltressen an seinen Armen trägt! Was würden diese alten Mönche der alten Armee, die nie etwas anderes als Grenadiere sein wollten, gesagt haben, wenn ich, der sie noch vor vierzehn Tagen befehligte, ihnen heute früh gefehlt hätte?

Wenn ich mich schon seit mehreren Jahren häuslichen Gewohnheiten, der Ruhe oder einem anderen Berufe zugewandt hätte, wär' es etwas anderes gewesen; so aber frommt mir wahrlich, was ihnen frommt. Sehen Sie übrigens, wie ruhig heute Abend alles in Paris ist, ruhig, wie die Luft,« fügte er, wie ich aufstehend, hinzu. »Da kommt der Tag; sonder Zweifel wird man nicht wieder mit Laterneneinschlagen beginnen und morgen können wir wieder ins Quartier rücken. Ich aber werde mich in einigen Tagen wahrscheinlich auf ein kleines Fleckchen Erde zurückgezogen haben, das ich irgendwo in Frankreich besitze, wo es ein kleines Türmchen gibt, in dem ich zu meiner Freude Polybius, Turenne, Folard und Vauban zu Ende studieren will. Fast alle meine Kameraden sind in der großen Armee getötet worden oder seitdem gestorben; seit langem schon plaudere ich mit keinem Menschen mehr, und Sie wissen, auf welchem Wege ich dahin gekommen bin, den Krieg, ob ich gleich all' meine Kräfte für ihn einsetzte, zu hassen.«

Dabei schüttelte er mir lebhaft die Hand, indem er mich nochmals um den Ringkragen bat, der ihm abging, wenn meiner nicht zu verrostet sei und ich ihn zu Hause fände. Dann rief er mich zurück und sagte:

»Halt, da es doch nicht ganz ausgeschlossen ist, daß man von irgendeinem Fenster aus nochmals auf uns feuert, so heben Sie mir bitte diese Brieftasche mit alten Briefen auf; sie haben nur für mich Interesse und Sie mögen sie verbrennen, wenn wir uns nicht wiedersehn sollten.

Manche von unseren alten Kameraden sind zu uns gekommen und wir haben sie gebeten wieder nach Hause zu gehen ... Wir führen keinen Bürgerkrieg. ... Wir sind friedfertig wie Spritzenmänner, deren Pflicht es ist Brände zu löschen. Man wird sich später schon verständigen, das geht uns nichts an.«

Und lächelnd verließ er mich.

8. Ein Steinkügelchen

Vierzehn Tage nach dieser Unterhaltung, die selbst die Revolution mich nicht vergessen ließ, dachte ich in meiner Einsamkeit über
den bescheidenen Heroismus und die Uneigennützigkeit nach, die
beide so selten sind.

Ich versuchte das eben vergossene reine Blut zu vergessen und
las in der amerikanischen Geschichte wieder nach, wie die überall
siegreiche anglo-amerikanische Armee im Jahre Siebzehnhundert-
dreiundachtzig nach Niederlegung der Waffen und Befreiung des
Vaterlandes drauf und dran war sich wider den Kongreß zu empö-
ren, der, da er zu arm war, um ihr den Sold zahlen zu können, sie
verabschieden wollte. Als Generalissimus und Sieger brauchte
Washington nur ein Wort zu sagen oder ein Zeichen mit dem Kopfe
zu geben, um Diktator zu werden; er tat, was er allein auszuführen
vermochte: er verabschiedete das Heer und reichte seine Entlassung
ein.

Ich hatte das Buch hingelegt und verglich diese heitere Größe mit
unserer unruhigen Ehrsucht. Ich war traurig und erinnerte mich an
alle reinen Kriegerseelen ohne falschen Glanz und ohne Marktschreierei, die Macht und Befehl nur des öffentlichen Wohles wegen
geliebt, ohne Stolz bewahrt und sie weder gegen das Vaterland
angewandt, noch in Gold verwandelt haben. Ich dachte an alle
Männer, die im Bewußtsein seines wahren Wertes Krieg führten, ich
dachte an den guten Collingwood, der Verzicht geleistet hatte, und
schließlich an den unbekannten Hauptmann Renaud, als ich einen
Mann von hohem Wuchs, welcher in einen langen blauen, sehr
schäbigen Mantel gekleidet war, bei mir eintreten sah. An seinem
weißen Schnauzbarte, den Narben auf seinem kupferbraunen Gesichte erkannte ich in ihm einen von den Grenadieren seiner Kompagnie. Ich fragte ihn, ob Renaud noch am Leben sei, und des braven Mannes Erregung ließ mich erkennen, daß ein Unglück geschehen war. Er setzte sich, wischte sich die Stirne ab und erzählte mir,
als er sich nach einiger Mühe und etwelcher Zeit wieder erholt hatte, was vorgegangen war.

Während der beiden Tage des achtundzwanzigsten und neunundzwanzigsten Juli hatte Hauptmann Renaud nichts anderes getan,

als an der Spitze seiner als Kolonne formierten Grenadiere die Straßen auf und ab zu marschieren. Er stellte sich vor den ersten Halbzug seiner Kolonne und zog friedlich inmitten eines Steinhagels und unter Flintenschüssen, die aus den Kaffeehäusern, von Balkons und aus den Fenstern abgegeben wurden, einher. Halt machte er nur, um die durch die Gefallenen gelichteten Reihen zusammenzuziehen, und um nachzusehn, ob die Flügelmänner seines linken Flügels richtigen Abstand beibehielten. Er hatte seinen Säbel nicht gezogen und marschierte mit seinem Spazierstöckchen in der Hand. Befehle waren ihm anfangs pünktlich zugekommen, doch, sei es, daß die Adjutanten auf dem Wege getötet wurden, sei es, daß der Stab sie nicht abgeschickt hatte, er ward in der Nacht vom Achtundzwanzigsten zum Neunundzwanzigsten auf dem Bastilleplatze ohne eine Instruktion gelassen; er hatte nur Weisung sich nach Saint-Cloud zurückzuziehn und die Barrikaden auf seinem Wege zu zerstören. Das tat er, ohne einen Flintenschuß abzugeben.

Als er bei der Jenabrücke angelangt war, machte er Halt, um Appell über seine Kompagnie abzuhalten. Es fehlte ihm weniger Mannschaft als allen ausgeschickten Gardekompagnien; auch waren seine Leute weniger ermüdet. Er war so klug gewesen, sie an diesen glühendheißen Tagen sich rechtzeitig und im Schatten ausruhen zu lassen, und hatte in den verödeten Kasernen die Nahrung welche ihnen die feindlichen Häuser verweigerten, für seine Leute gefunden. Die Haltung seiner Kolonne war dergestalt, daß er jede Barrikade verlassen fand und ihm nur die Mühe des Zerstörens blieb.

Staubbedeckt, seine Füße abputzend, stand er also am Kopf der Jenabrücke, blickte nach dem Eingangstore hin, ob nichts den Abzug seiner Abteilung hindere, und suchte Plänkler zum Vorgehn aus. Niemand befand sich auf dem Marsfelde außer zwei Maurern, die, auf dem Bauche liegend, zu schlafen schienen, und einem etwa vierzehnjährigen kleinen Jungen, der barfüßig einhertrabte und mit zwei Porzellanscherben wie mit Kastagnetten klapperte. Von Zeit zu Zeit kratzte er mit ihnen über die Brustwehr der Brücke und kam so spielend bis an den Prellstein, wo Renaud sich aufhielt. In diesem Augenblicke wies der Hauptmann mit seinem Spazierstöckchen auf die Höhen von Passy hin. Das Kind näherte sich ihm, sah ihn mit großen erstaunten Augen an, zog aus seiner Jacke eine Sattelpistole, nahm sie in beide Hände und richtete sie auf des Hauptmanns Brust.

Der lenkte den Schuß mit seinem Stocke ab, und da das Kind Feuer gegeben hatte, fuhr ihm die Kugel oben in den Schenkel. Ohne ein Wort zu äußern, sank der Hauptmann in sitzende Stellung nieder und betrachtete den seltsamen Feind mitleidig. Er sah den jungen Burschen, der seine Waffe immer noch in beiden Händen hielt und ganz erschrocken über das, was er angestellt hatte, dastand. Die Grenadiere stützten sich in diesem Augenblicke traurig auf ihre Gewehre; sie hielten es unter ihrer Würde gegen den kleinen Schlingel vorzugehen. Die Einen richteten ihren Hauptmann auf, die anderen ließen es dabei bewenden das Kind am Arme festzuhalten und zu dem hinzuführen, den es verwundet hatte. Es brach in Tränen aus und ward, als er des Offiziers Blut in Strömen über die weiße Hose rinnen sah, entsetzt über sein ruchloses Tun, ohnmächtig. Gleichzeitig trug man Mann und Kind in ein nahes kleines Haus in Passy, wo sich noch beide befanden.

Unter der Führung des Leutnants hatte die Kolonne ihren Weg nach Saint-Cloud fortgesetzt und vier Grenadiere waren, nachdem sie ihre Uniform ausgezogen, in dem gastlichen Hause geblieben, um ihren alten Befehlshaber zu pflegen. Der eine (der, welcher mit mir sprach) hatte Schwertfegerarbeit in Paris angenommen, andere gaben Fechtunterricht, brachten ihrem Hauptmann ihren Tagesverdienst und hatten dafür gesorgt, daß ihm bis zu diesem Tage nichts ermangelte. Das Bein ist ihm abgenommen worden; doch er hatte heftiges und übles Fieber, und da er fürchtete, daß es schlimmer würde, ließ er mich rufen.

Es galt keine Zeit zu verlieren. Sofort machte ich mich auf den Weg mit dem würdigen Soldaten, der mir mit feuchten Augen und bebender Stimme all diese Einzelheiten, aber ohne Murren, ohne Verwünschungen, ohne Anklagen berichtet hatte.

Immer nur wiederholte er: »Es ist ein großes Unglück für uns.«

Der Verwundete war zu einer kleinen Handelsfrau gebracht worden, die Witwe war und in einem Lädchen in einer abgelegenen Dorfstraße allein mit Kindern in zartem Alter lebte. Nicht einen Augenblick hatte sie Angst vor Unannehmlichkeiten gehabt, und kein Mensch war auf den Gedanken gekommen sie irgendwie zu beunruhigen. Im Gegenteil, die Nachbarn hatten sich eifrig bemüht, sie in der Pflege, die sie dem Kranken angedeihen ließ, zu unterstützen. Da die herbeigerufenen Sanitätsbeamten ihn nach der Operation für nicht transportfähig erklärt, hatte sie ihn dabehalten und häufig die Nacht an seinem Lager zugebracht.

Als ich eintrat kam sie mir mit dankbarer und ängstlicher Miene, die mir wehe tat, entgegen. Ich fühlte, wieviele Verlegenheiten sie aus natürlicher Güte und Wohltätigkeitssinn verheimlicht hatte. Sie war sehr blaß und ihre Augen sahen rot und müde aus. Sie ging und kam aus einem sehr engen Hinterladen, den ich von der Tür aus bemerkte, und ich sah an ihrer Hast, daß sie das kleine Zimmer des Verwundeten aufräumte und einen gewissen Stolz darein setzte, daß ein Fremder es schicklich finden möchte.

So richtete ich es denn auch ein nicht zu schnell zu gehn, und ließ ihr all die Zeit, deren sie bedurfte. ... »Sehen Sie, mein Herr, er hat viel aushalten müssen,« sagte sie, als sie mir die Türe öffnete.

Hauptmann Renaud saß in einem kleinen Bette mit Sergevorhängen, das in der Zimmerecke stand, und mehrere Kopfpfühle stützten seinen Körper. Er war skelettartig abgemagert und seine Backenknochen waren glühend rot. Seine Stirnwunde sah schwarz aus. Ich fühlte, daß er nicht mehr lange leben würde, und sein Lächeln sagte das Gleiche. Er streckte mir die Hand entgegen und winkte mir, Platz zu nehmen. Zu seiner Rechten saß ein junger Bursche, der ein Glas Gummiwasser hielt und es mit dem Löffel umrührte. Er stand auf und brachte mir seinen Stuhl. Renaud faßte ihn von seinem Lager aus beim Ohrläppchen und sagte sanft mit geschwächter Stimme:

»Hier, mein Lieber, stelle ich Ihnen meinen Besieger vor!«

Ich zuckte die Achseln und der arme Junge schlug errötend die Augen nieder ... ich sah eine dicke Träne über seine Backe rollen.

»Nicht doch, nicht doch,« sagte der Hauptmann, ihm mit der Hand durch die Haare fahrend. »Es ist nicht seine Schuld. Armer Junge! Zwei Männern ist er begegnet, die haben ihn Branntwein trinken lassen; sie haben ihn bezahlt und abgeschickt; er sollte einen Pistolenschuß auf mich abgeben. Das hat er getan, wie er ein Steinkügelchen in die Prellsteinecke geworfen hätte. ... Nicht wahr, Jean?«

Und Jean hub zu zittern an und bekam den Ausdruck eines so herzzerreißenden Schmerzes, daß er mich rührte. Ich sah ihn mir näher an; er war ein sehr schöner Junge.

»Es war ja auch ein Steinkügelchen,« sagte die junge Krämersfrau zu mir. »Sehen Sie doch, mein Herr.« – Und sie zeigte mir eine kleine Achatkugel, so dick wie die stärksten Bleikugeln, und mit der hatte man eine Pistole von gleicher Stärke geladen.

»Mehr war nicht nötig, um ein Hauptmannsbein abzusäbeln,« sagte Renaud.

»Sie dürfen ihn nicht soviel reden lassen,« erklärte mir schüchtern die Krämerin.

Renaud hörte sie nicht.

»Ja, mein Lieber, von meinem Beine bleibt mir nicht soviel übrig, daß man ein Holzbein dran befestigen könnte.«

Stumm drückte ich ihm die Hand. Es stimmte mich wehmütig, daß es, um einen Mann zu töten, der soviel gesehn und soviel erduldet hatte, dessen Brust von zwanzig Feldzügen und zehn Wunden gestählt, in Eis und Feuer erprobt, durch Bajonette und Lanzen hindurchgegangen war, nur des Sprunges eines jener Pariser Gossenfrösche bedurfte, die man Straßenbengel nennt.

Renaud verstand meine Gedanken. Er lehnte seine Wange auf das Pfühl und drückte mir die Hand:

»Wir waren im Kriege,« sagte er zu mir, »er ist nicht mehr Mörder, als ich es in Reims war. Als ich das Russenkind tötete, war ich da etwa auch ein Mörder? ... Im großen spanischen Kriege erstachen die Menschen unsere Wachen und hielten sich nicht für Mörder; da der Krieg herrschte, waren sie vielleicht keine. Ermordeten sich Katholiken und Hugenotten oder nicht ? ... Aus wie vielen Mordtaten setzt sich eine Schlacht zusammen? ... Das ist einer von den Punkten, wo unser Verstand stillsteht und nichts zu sagen weiß. ... Der Krieg hat unrecht und nicht wir. Ich versichere Sie, das kleine Bürschchen ist sehr sanft und artig, liest und schreibt schon recht schön. Er ist ein Findelkind. ... War Tischlerlehrling. ... Seit vierzehn Tagen hat er mein Zimmer nicht verlassen; er liebt mich sehr, der arme Junge. Er zeigt rechnerische Begabung; man kann etwas aus ihm machen. ...«

Da er mühsamer sprach und sich meinem Ohre näherte, neigte ich mich zu ihm und er gab mir ein kleines zusammengefaltetes Papier, das er mich durchzulesen bat. Ich erblickte ein kurzes Testament, in dem er etwas wie eine elende Meierei, die er besaß, der armen Krämerin, die ihn aufgenommen hatte, hinterließ; nach ihr sollte sie Jean, den sie erziehen sollte, unter der Bedingung haben, daß er niemals Soldat würde. Er warf eine Summe für seinen Ersatzmann aus, und gab das kleine Stückchen Erde seinen vier alten Grenadieren als Asyl. Mit alledem beauftragte er einen Advokaten aus seiner Heimat. Als ich das Papier in den Händen hatte, schien er ruhiger zu sein und wollte einschlafen. Dann fuhr er zusammen, riß die Augen auf und bat mich sein Spazierstöckchen zu nehmen und aufzubewahren. ...

Danach schlummerte er wieder ein.

Sein alter Soldat schüttelte den Kopf und faßte ihn bei der Hand. Ich nahm die andere, die sich eiskalt anfühlte. Er sagte, er habe kalte Beine, und Jean beugte sich und legte seine kleine Kinderbrust auf das Bett, um ihn zu erwärmen.

Dann begann Hauptmann Renaud seine Bettücher mit den Händen abzutasten und sagte, er fühle sie nicht mehr, was ein schlimmes Zeichen ist. Seine Stimme klang hohl. Mühsam führte er eine Hand an die Schläfe, schaute Jean aufmerksam an und sagte noch:

»Es ist merkwürdig... Das Kind sieht dem Russenkinde ähnlich!«

Dann schloß er die Augen, drückte mir mit wiederkehrender Geistesgegenwart die Hand und sagte:

»Sehen Sie, jetzt kommt es ins Gehirn, das ist das Ende.«

Sein Blick war anders und ruhiger. Wir begriffen den Kampf eines starken Geistes, der sich wider den Schmerz wehrte, welcher ihn verwirrte, und dies Schauspiel auf einem elenden Bette war für mich von feierlicher Erhabenheit. Von neuem überkam ihn eine Hitzewelle und er sagte sehr laut:

»Sie waren vierzehnjährig... Alle beide... Wer weiß, ob jene junge Seele nicht in diesen andern jungen Leib zurückgekehrt ist, um sich zu rächen?«...

Dann zitterte er, wurde bleich und schaute mich ruhig und gerührt an:

»Sagen Sie mir ... könnten Sie mir nicht den Mund schließen? ... Ich fürchte zu sprechen ... man wird schwächer... Ich möchte nicht mehr reden... Ich habe Durst...«

Man reichte ihm einige Schlucke zu trinken und er sagte:

»Ich hab' meine Pflicht getan... Der Gedanke tut einem wohl...«

Und er fügte hinzu:

»Wenn es dem Lande nach allem, was geschehen ist, besser geht, haben wir nichts zu sagen; doch Sie sollen sehn ...«

Dann schlummerte er ein und schlief etwa eine halbe Stunde. Nach dieser Zeit kam eine Frau schüchtern an die Tür und machte ein Zeichen, daß der Chirurg da sei.

Ich ging auf den Zehenspitzen hinaus, um mit ihm zu sprechen, und als ich mit ihm in den kleinen Garten getreten und bei einem Brunnen stehen geblieben war, um ihn zu fragen, hörten wir einen lauten Schrei. Wir eilten hin und sahen ein Laken über das Haupt des braven Mannes gebreitet, der nicht mehr war...

Über tredition

Eigenes Buch veröffentlichen

tredition wurde 2006 in Hamburg gegründet und hat seither mehrere tausend Buchtitel veröffentlicht. Autoren veröffentlichen in wenigen leichten Schritten gedruckte Bücher, e-Books und audio-Books. tredition hat das Ziel, die beste und fairste Veröffentlichungsmöglichkeit für Autoren zu bieten.

tredition wurde mit der Erkenntnis gegründet, dass nur etwa jedes 200. bei Verlagen eingereichte Manuskript veröffentlicht wird. Dabei hat jedes Buch seinen Markt, also seine Leser. tredition sorgt dafür, dass für jedes Buch die Leserschaft auch erreicht wird.

Im einzigartigen Literatur-Netzwerk von tredition bieten zahlreiche Literatur-Partner (das sind Lektoren, Übersetzer, Hörbuchsprecher und Illustratoren) ihre Dienstleistung an, um Manuskripte zu verbessern oder die Vielfalt zu erhöhen. Autoren vereinbaren direkt mit den Literatur-Partnern die Konditionen ihrer Zusammenarbeit und partizipieren gemeinsam am Erfolg des Buches.

Das gesamte Verlagsprogramm von tredition ist bei allen stationären Buchhandlungen und Online-Buchhändlern wie z. B. Amazon erhältlich. e-Books stehen bei den führenden Online-Portalen (z. B. iBookstore von Apple oder Kindle von Amazon) zum Verkauf.

Einfach leicht ein Buch veröffentlichen: **www.tredition.de**

Eigene Buchreihe oder eigenen Verlag gründen

Seit 2009 bietet tredition sein Verlagskonzept auch als sogenanntes "White-Label" an. Das bedeutet, dass andere Unternehmen, Institutionen und Personen risikofrei und unkompliziert selbst zum Herausgeber von Büchern und Buchreihen unter eigener Marke werden können. tredition übernimmt dabei das komplette Herstellungs- und Distributionsrisiko.

Zahlreiche Zeitschriften-, Zeitungs- und Buchverlage, Universitäten, Forschungseinrichtungen u.v.m. nutzen diese Dienstleistung von tredition, um unter eigener Marke ohne Risiko Bücher zu verlegen.

Alle Informationen im Internet: **www.tredition.de/fuer-verlage**

tredition wurde mit mehreren Innovationspreisen ausgezeichnet, u. a. mit dem Webfuture Award und dem Innovationspreis der Buch Digitale.

tredition ist Mitglied im Börsenverein des Deutschen Buchhandels.

Dieses Werk elektronisch lesen

Dieses Werk ist Teil der Gutenberg-DE Edition DVD. Diese enthält das komplette Archiv des Projekt Gutenberg-DE. Die DVD ist im Internet erhältlich auf **http://gutenbergshop.abc.de**

Zeitfracht Medien GmbH
Ferdinand-Jühlke-Straße 7
99095 Erfurt, Deutschland
produktsicherheit@kolibri360.de